## Mirja

Wiederholt versuchte ich Solveig anzurufen, um unser monatliches Treffen abzustimmen. Doch leider ohne Erfolg, genau wie gestern, irgendwie war ich beunruhigt. Ich versuchte es auch noch mal auf ihrem Handy, aber auch da ging sie nicht dran.

Micha, mein Mann, der inzwischen aufgestanden war, machte sich bereits dran die Kühltasche zu packen. Wir wollten an unseren Lieblingsstrand fahren. Es war das schönste Fleckchen unserer Insel Fuerteventura.

Playa Cofete!

Also fuhren wir los. Von der Costa Calma über Morro Jable in Richtung Jandia.

Als wir die Hauptstraße verlassen hatten, ging es über die sogenannte Schotterpiste. Es ist der einzige Weg der nach Cofete führt. Nach großem Regen, der zwar hier nur selten vorkommt, sind oft Teile der Piste einfach weggebrochen.

1

Doch heute war so einigermaßen gut zu fahren. Micha war in seinem Element. Er bretterte über die Piste. Wahrscheinlich fühlte er sich wie ein verkappter Rennfahrer. Liebevoll nannte ich ihn Mister Schotterpister!

Auf dem höchsten Punkt des Felsmassivs angelangt konnte man nun die Strände der Westküste von Cofete sehen. Es war immer wieder ein unglaublicher Anblick. Hohe Wellen türmten sich hoch und rollten sich auf.

Als wir den Strand dann endlich erreicht hatten, legten wir die Strandtücher auf den Sand und es gab unser Frühstück. Hart gekochte Eier, Baguette mit Salami und Orangensaft. Einfach köstlich, so in der freien Natur zu frühstücken.

Das Meer toste vor sich hin. Hier an der Westküste hatte es wesentlich mehr Bewegung wie auf der anderen Seite. Dafür war es aber weitaus gefährlicher hier zu baden, die Strömungen waren sehr stark hier. Weiter als bis zu den Hüften sollte man sich nicht rein wagen sonst verliert man schnell den Boden unter den Füßen.

Hinter uns lag oben auf dem Fels die sagenumwobene Villa Winter. Es gab schon immer kuriose Geschichten über diese besagte Villa.

Jetzt zumindest schien sie unbewohnt, doch so genau wusste das keiner.

Wir waren ausgelassen und glücklich das Leben so genießen zu können. Wir lasen, wir spielten Karten und tollten herum. Wir liebten uns und warfen unsere erhitzten Körper ins Wasser.

Der Strand gehörte zumindest an diesem Tage nur uns.

Doch wie oft nach solchen Höhenflügen, kommt irgendein Unheil daher und nichts ist wie vorher.

Schon des Öfteren war es Micha und mir passiert, dass nach großem Glück auch die Schatten nicht weit waren. Noch war alles ungetrübt.

Bedingt durch die hohen Felswände hinter uns, verschwindet die Sonne relativ früh hier und somit machten wir uns so gegen 16 Uhr auf den Heimweg.

Sag mal Mirja, hast du denn Solveig und Bernhard schon erreicht?

Nein, Micha, wo die sich wieder herum treiben möchte ich auch mal wissen, antwortete ich ihm.

Als wir nach Hause kamen wurde diese Frage geklärt, auf eine Art und Weise die grausam war.

Uns erwartete die Guarda Civil. Ein Schauer lief mir über den Rücken, ohne zu wissen warum. Wahrscheinlich nennt man das Vorahnung. Wir haben herausgefunden, dass sie mit dem Ehepaar Rauter befreundet gewesen sein sollen.

Gewesen wollte ich sagen, doch es kam nur ein Schrei aus meiner Kehle. Micha der etwas gefasster war wie ich, bat die Beamten erst mal ins Haus. Mir zitterten die Knie, ich konnte nicht mehr klar denken.

Der deutschsprachige spanische Polizist gab uns dann die Aufklärung.

Wir haben gestern so gegen 23.55 Uhr einen Anruf bekommen, dass wohl ein Auto in die Baranco del mal Nombre gestürzt sei. Wir fanden darauf einen Mann dessen Identität wir noch am Unfallort feststellen konnten, für den Mann kam jedoch jede Hilfe zu spät. Er musste sofort tot gewesen sein.

Und Solveig? Schrie ich hysterisch, was ist mit ihr?

Ja, dass ist in der Tat eine merkwürdige Geschichte. Sie ist nicht im Auto dabei gewesen, ist aber fast zu gleichen Zeit gestorben. Vermutlich an einem Herzschlag. Wir fanden sie unten am Strand von Risco del Gado. Mir wurde schlecht. Die Wände kamen auf mich zu und ich versuchte das Gehörte einzuordnen.

Solveig, Herzschlag, tot, tot, tot, tot.....

Jetzt sind wir auf ihre Mithilfe angewiesen. Wir wollen ausschließen, dass eine Fremdeinwirkung verantwortlich war.

Unsere Frage geht dahin was die Frau nachts allein am Strand zu suchen hatte? War sie da in den Strandhäusern jemanden besuchen? Oder was wollte sie dort?

Für mich gab es nur eine Antwort, sie musste bei Jonas gewesen sein. Jonas war vor ca. einem Jahr in eines der Strandhäuser gezogen. Jonas, der Maler. Ein exotischer Vogel, der es verstand alle Frauen in seinen Bann zu ziehen. Leider Gottes war auch die sonst eher kühle Solveig hell entflammt. Mir tat das sehr leid für Bernhard, ihren Mann. Er wusste nichts davon, aber ich vermute mal, dass er etwas ahnte. Kein Mensch ist so unbedarft nicht zu merken, wenn sein Partner ihn betrügt. Wir werden es nicht mehr erfahren.

Es klingelte das Handy von einem der Polizisten. Sein Gesicht wurde unter seiner braunen Haut fahl. Er schluckte erst einmal als er das Gespräch beendet hatte.

Man hat in einem der Strandhäuser einen Mann gefunden, der offenbar gestern abend oder heute Nacht erstochen wurde. Es könnte sich abzeichnen, dass die Tote in den Fall verwickelt war. Ich hörte das Blut in meinen Schläfen rauschen. Wie hieß der Mann stammelte ich. Jonas Joopen erwiderte der Polizist. Er scheint Maler gewesen zu sein. Ja, dies war er in der Tat.

Können sie uns irgend etwas in diesem Zusammenhang sagen? Fragend schaute der Beamte uns an. Mein Gehirn arbeitete fieberhaft, musste ich mein Wissen preisgeben. Oder konnte ich so tun als ob, ich nichts wüsste. Man schien mir das anzumerken, weil der Beamte dann sagte, sie müssen die Dinge, die sie wissen auch sagen, ansonsten kann ich sie auch mitnehmen. Micha, der mich fragend ansah, schüttelte mit dem Kopf. Also, ich für meine Person kann nur sagen, wir waren mit den Rauters seit Jahren befreundet. Wir trafen uns immer einmal im Monat. Wir gingen dann gemeinsam mit noch einer Bekannten zum Essen. Ansonsten telefonierten wir ab und zu. Zumindest wir Männer hatten nicht den häufigen Kontakt, wie ihn die Frauen pflegten. Daher kann ich mit Sicherheit nicht viel weiterhelfen. Ich hatte mich etwas gefangen. Nun ja sagte ich, es hatte sich wohl etwas angebahnt zwischen Solveig und Jonas. Wie angebahnt, fragte der Polizist. Könnten sie etwas genauer werden. Sie hatte seit ein paar Monaten ein Verhältnis erwiderte ich.

Wollte Frau Rauter denn ihren Mann verlassen? Das kann ich nicht so sagen, mit dem Gedanken hatte sie ab und zu gespielt, aber es gab auch sehr starke Zweifel ihrerseits. Solveig lebte schließlich in sehr guten gesicherten Verhältnissen. Bernhard war ein bekannter Immobilienmakler. Es fehlte ihnen an nichts und Solveig war auch glücklich und zufrieden bevor Jonas hier auftauchte. Wir haben oft auf sie eingeredet, sie soll doch Vernunft annehmen. Doch leider stießen wir auf taube Ohren. Wer ist wir? Ihr Mann und Sie? Micha antwortete, ich habe von all dem nichts gewusst. Er sah mich enttäuscht von der Seite an. Es schien als hätte ich sein Vertrauen auch missbraucht.

Nein antwortete ich. Es gibt da noch Sanja Fragante, die auch zu unserem Bunde gehört.

Können sie uns die Adresse dieser Dame denn geben. Da müssen Sie in die Anlage Abeja, Haus Nummer 15, antwortete ich.

Für den Augenblick reicht uns erst mal die Aussage. Sollten Ihnen noch etwas Wichtiges einfallen, melden Sie sich. Er gab uns noch eine Visitenkarte.

Micha nahm mich in den Arm. Beruhige dich erst mal. Wir können nichts daran ändern. Bist du mir böse, fragte ich, dass ich dir nichts erzählt hatte? Nein, ich hatte nur gedacht, dass du etwas mehr Vertrauen hättest. Hab ich, maulte ich vor mich hin. Aber ich hatte es Solveig versprochen.............

Spätestens jetzt hätte ich Micha sagen sollen, dass auch ich oft bei Jonas gewesen bin. Zuerst einfach so um zu quatschen. Irgendwann hatte er dann vorgeschlagen mich zu malen. Zuerst habe ich abgelehnt, dann aber doch zugestimmt, weil ich dachte das Bild könnte ich Micha zum Geburtstag schenken. Leider war die Idee doch nicht ganz so gut gewesen wie sich bald herausstellen sollte.

Wir hatten eigentlich vor gehabt abends essen zu gehen. In Marco Janchez hatte ein neues Lokal eröffnet, dass wollten wir uns mal ansehen. Doch es war heute nicht der richtige Augenblick. So kam es das Micha den Tisch auf der Terrasse deckte. Er merkte, dass ich zu nichts mehr fähig war. Ich hätte auch nichts mehr haben müssen. Doch er meinte es hilft keinem weiter, wenn du schlapp machst. Also setzte ich mich hin. Er hatte trotz allem liebevoll den Tisch gedeckt mit Salami, Tomaten, Ziegenkäse, kleinen scharfen Peperoni und einem Baguette. Er entkorkte eine Flasche Vino Tinto von meinem Lieblingswein -Mederano-. Das war mein Micha, immer um mein Wohlergehen besorgt.

Komischerweise konnte ich sogar essen und es schmeckte mir sogar. Ich wunderte mich selbst.

Wir hatten zwar ausgemacht heute nicht mehr von den Ereignissen zu reden, aber wir hielten uns nicht dran. Immer und immer wieder fragten wir uns warum Bernhard und Solveig fast zur gleichen Zeit den Tod gefunden hatten, obwohl sie nicht zusammen waren. Hoffentlich konnte die Polizei das herausfinden. Warum konnte Solveig einen Herzschlag bekommen? Sie hatte niemals meines Wissens über irgendwelche Herzprobleme geklagt. Sie war niemals krank gewesen. Außer einem banalen Schnupfen. Fragen über Fragen.

Ich war schon auf dem Weg, das schnurlose Telefon auf die Terrasse zu holen um mit Sanja zu telefonieren, mir aber dann einfiel, dass die Polizei wahrscheinlich jetzt bei ihr war. Sie würde sich mit Sicherheit später noch melden. Doch die Zeit verging und der Anruf blieb aus. Ich versuchte dann so gegen 22.00 Uhr sie zu erreichen, aber seltsamer Weise ging sie nicht dran oder war nicht zu Hause.

So gingen wir später zu Bett, in der Hoffnung etwas schlafen zu können.

In der Nacht träumte ich, Sanja wäre ertrunken. Schreiend fuhr ich in meinem Bett auf.

Schweißgebadet und zitternd lief ich in die Küche um einen Schluck Wasser zu trinken. Ich wollte gerade das Glas an meinen Mund führen, als sich die Terrassentür langsam öffnete. Mir fiel das Glas aus den Händen. Ich schrie verzweifelt auf. Ruhig Liebling, ich bin das doch nur. Ich schrie weiter, bis ich endlich merkte, dass es Micha war, der vor mir stand. Er hatte nicht schlafen können und hatte sich noch auf die Terrasse gesetzt.

Es war einfach zu viel gewesen an diesem Tag. Die Nerven spielten nicht mehr mit.

Wir gingen wieder ins Bett. Ich bezweifelte aber sehr wieder einschlafen zu können. Immer noch sah ich die Wasserleiche meines Traumes vor mir in der Gestalt von Sanja.

Wie ich auf so etwas überhaupt kam, verstand ich nun gar nicht.

Wir wurden erst um 10.00 Uhr wach. Was würde der Tag bringen. Vor diesem grauenvollen Ereignis hatte man da nie drüber nachgedacht. Doch jetzt hatte man nur noch Angst, es könnte noch so eine Schreckensnachricht kommen.

Micha, der sich wie immer um das Frühstück kümmerte, sah plötzlich sehr entschlossen aus. Wir werden nachher an unseren kleinen Strand fahren. Die Idee war gar nicht so schlecht. Wir beeilten uns mit dem Frühstück und fuhren los. In Morro Jable, wo wir durchfahren mussten, war der Teufel los. Man konnte merken, dass viele Urlauber auf der Insel waren. Wir fuhren weiter in Richtung Punta Jandia. Nach ein paar Kilometer bog Micha links ab und wir fuhren über Schotter zur Felsklippe.

Es war zwar immer ein bisschen mühsam da runter zu klettern, aber es lohnte sich. Eingebettet in schroffe Felsklippen lag ein kleiner Strand. Bis jetzt hatten wir immer Glück gehabt, dass keine anderen Menschen da waren. Gefährlich war nur immer, dass man von der Straße aus unser Auto sehen konnte. Da konnte es leicht passieren, dass neugierige Menschen gucken wollten, wo die Insassen geblieben sind.

Wir legten uns auf die Strandlaken und genossen die warmen Sonnenstrahlen. Jetzt im November ist die Sonne richtig schön zu ertragen. Nicht so aggressiv wie im Sommer und Herbst. Ich überlegte, ob ich Micha endlich die Wahrheit sagen sollte wegen des Bildes, das Jonas von mir gemalt hatte, ließ es aber dann doch sein. Ich wollte die Stimmung nicht trüben. Obwohl dies Blödsinn war. Denn zu seinem Geburtstag, der bald war, würde er Bescheid wissen. Ich war mir aber plötzlich auch gar nicht mehr sicher, wie das gehen sollte. Jonas war schließlich tot. Wie sollte ich an das Bild kommen. Die Polizei würde doch sicher die Bilder erst mal sicher stellen? Oder wie lief so etwas ab? Sie würden mich auf den Bildern ja auch erkennen. Siedend heiß fiel mir ein, dass ich gestern nicht dran gedacht hatte. Wie konnte ich so unglaublich naiv sein.

Warum bist du denn so still? Ich wollte gerade ansetzen Micha die Wahrheit zu sagen, als das Handy klingelte. Ich nahm ab und der Kommissar von gestern meldete sich.

Frau Kant, ich müsste Sie bitten, dass Sie und Ihr Mann sich zur Verfügung stellen, es ist dringend. Ich wollte schon erwidern, dass wir nicht zu Hause wären als mir klar wurde, dass er das bestimmt schon weiß. Sicher hatten sie zuerst versucht uns zu Hause zu erreichen. Wir sind in einer Stunde zu Hause.

Auf der Rückfahrt hätte ich immer noch Gelegenheit gehabt Micha die Wahrheit zu sagen, aber jetzt hatte ich keinen Mumm mehr.

Der Kommissar und sein Kollege warteten schon auf uns.

Wir baten sie ins Haus. Auf der Terrasse hatten wir zu viele Mithörer. Wir haben das Handy von Herrn Rauter an der Unfallstelle gefunden. Der letzte Anrufer war Frau Fragante. Sanja rief ich erstaunt, täuschen sie sich denn da nicht? Nein, ganz und gar nicht. Der Anruf war um 23.50 Uhr. Außerdem haben wir Frau Fragante wegen Mordverdacht an Jonas Joopen festnehmen müssen. Sie befindet sich jetzt in Untersuchungshaft in Rosario. Ich schluckte trocken. Sanja ,die keiner Fliege etwas zu leide tun konnte. Ich konnte dass alles nicht glauben. Was für Beweise haben sie denn, fragte ich. Genügend erst mal, alles andere wird sich aufklären. Wir haben unzählige Fingerabdrücke von Frau Fragante, unter anderem auch auf dem Messer, der so genannten Tatwaffe. Mir blieb fast das Herz stehen. Wie konnte das alles sein.

Aber Sanja hat ja auch immer das Strandhaus von Jonas sauber gemacht. Sie ist für die meisten Strandhäuser von Risco del Gado verantwortlich. Die meisten werden an Urlauber vermietet. Bis auf Jonas, der war Dauermieter.

Wenn sie es nicht war, wird sich das alles aufklären Frau Kant. Ja sicher, nur wie lange würde das dauern, was würde aus Franja werden? Sie war Sanjas Tochter, welche die Hotelfachschule in Rosario besuchte.

Mir wurde übel. Von einem Tag zum andern hatte sich alles geändert. Die Freunde waren tot, die Freundin im Gefängnis. Es war schrecklich.

Dann haben wir noch eine Frage, die Sie persönlich betrifft Frau Kant. In welchem Verhältnis standen sie zu Herrn Joopen? Mir wurde heiß und kalt zugleich. Der Kollege lief plötzlich aus dem Haus. Wo wollte er hin? Micha sah mich mehr als merkwürdig an. Wie meinen Sie das, wollte ich zuerst einmal die Situation abklopfen? Nun es ist eine einfache Frage und ich erwarte eine Antwort drauf. Haben Sie Herrn Joopen näher gekannt? War mehr als eine Freundschaft zwischen Ihnen? Der Kollege kam mit einem Gegenstand in der Hand zurück.

Sie schoben das Papier weg und zum Vorschein kam das Bild, das Jonas von mir gemalt hatte. Über meinem blanken Busen war Blut.................

Vielleicht verstehen Sie jetzt unsere Fragen. Wie standen Sie zueinander? Ich versuchte mich zu sammeln. Jonas hat mich vor Monaten gefragt, ob er mich denn malen dürfe. Erst war ich etwas skeptisch, habe aber dann eingewilligt. Mir kam dann die Idee, das Bild meinem Mann zum Geburtstag zu schenken. Jonas, der sehr knapp bei Kasse gewesen ist, würde dadurch etwas verdienen. Das ist der ganze Hintergrund.

Fassungslos starrte Micha auf das Bild. Er war wie erstarrt, konnte nichts mehr sagen. Seine Frau halbnackt, nur ein Parero über die Hüften geschlungen, der blanke Busen blutverschmiert. Ich wagte nicht weiter zu denken. Wie war es dahin gekommen? Herrn Joopen stand anscheinend dicht an dem Bild, als er erstochen wurde. Das Blut muss unmittelbar darauf gespritzt sein. Mich überfiel ein solcher Ekel, dass ich würgen musste. Vielleicht könnten Sie beide uns jetzt auch sagen, wo Sie sich zur Tatzeit aufgehalten haben? Wir mussten nicht lange überlegen, wir hatten bis 2.00 Uhr früh mit den Nachbarn Geburtstag gefeiert. Also hatten wir ein lückenloses Alibi. Trotzdem war ich heillos entsetzt, dass wir plötzlich auch zum Kreis der Verdächtigen gehörten. Der Kollege brachte das Bild wieder ins Auto und ließ sich von den Nachbarn das Alibi bestätigen.

Micha würdigte mich keines Blickes mehr. Was in seinem Kopf wohl vorging. Es tat mir unendlich leid ihm nicht die Wahrheit gesagt zu haben. Er musste sich ja wie ein Volltrottel vorkommen. Sicher es sollte eine Überraschung sein, aber spätestens nach dem Mord hätte ich ihn aufklären sollen. Nun war es zu spät. Das hatte ich selbst zu verantworten. Als das Handy des Kommissars klingelte war mir klar, dass nun wahrscheinlich noch eine Horrormeldung kommen würde. Sein Gesicht wurde ernst. Man hat jetzt auch das Handy von Frau Rauter sichergestellt. Der letzte eingegangene Anruf war um 23.52 Uhr und zwar von Frau Fragante. Was wollte Sanja von Solveig und Bernhard so kurz bevor sie umkamen. Es machte keinen Sinn, aber irgendwie kam der Verdacht auf, dass die Toten etwas mit den Anrufen zu tun haben. Nur was. Der Kommissar setzt auch an noch etwas zu sagen, ließ es dann aber doch. Er machte eine Wendung und sagte, lassen sie sich alles durch den Kopf gehen. Wir müssen die Fakten erst mal auswerten. Sie wären uns eine große Hilfe, wenn Sie alle Details wahrheitsgemäß erzählen würden. Sie kommen ja doch ans Tageslicht. Sie können auf uns zählen, sagte Micha mit einem Unterton, der mich erschauern ließ.

Als wie endlich allein waren, fiel es mir schwer Micha anzusehen. Doch es führte kein Weg vorbei, ich musste ihm erklären, dass alles ganz harmlos war. Doch er wendete sich sofort ab, als ich anfangen wollte zu reden. Ich kam mir etwas von gedemütigt vor. Ich hätte schreien können. Mein Mann, der mir plötzlich nicht mehr glaubte. Kurz darauf ging das Telefon. Es war Sanja, die von der Untersuchungshaft die Erlaubnis bekommen hatte mich anzurufen. Bitte Mirja, du musst mir helfen. Kannst du mir einen Anwalt besorgen. Selbstverständlich Sanja, ich kümmere mich um Franja. Weiß sie denn schon Bescheid? Nein, man konnte Sie noch nicht erreichen. Ich habe Jonas nicht umgebracht. Ich habe ihn doch geliebt und war verrückt nach ihm. Ich war als der Mord passierte in La Pared. Ich habe mich auf den Fels gesetzt und in den Vollmond gestarrt. Ich wollte endlich wieder ruhiger werden und hatte mir fest vorgenommen Jonas endlich los zulassen, wenn er doch sowieso nichts von mir wollte. Ich hatte in jener Nacht meine Träume endgültig begraben. Und jetzt das! Mach dir keine Sorgen Sanja, du wirst bestimmt bald wieder nach Hause dürfen. Ich versuchte ihr Mut zu machen, merkte dann aber selbst wie halbherzig das klingen musste. Sie weinte und sagte, pass auf meine Kleine auf.

Ich versuchte noch mal mit Micha zu reden, aber er blockte, er ist ein wirklich lieber Kerl, doch wenn er sauer ist , dauert dass immer einen Tag oder eine Nacht bis er wieder zugänglich wird.

So gingen wir immer noch schweigend zu Bett. Er drehte sich augenblicklich auf seine Seite, mir abgewandt. Das traf mich mehr als alles andere. Er sagte kein Wort mehr. Natürlich konnte ich nicht einschlafen. Micha aber auch nicht, dass merkte ich. Irgendwann musste ich aber doch eingeschlafen sein, denn ich träumte, ich wäre im Meer baden und Sanja tauchte als Wasserleiche neben mir auf. Schreiend fuhr ich hoch und stieß mit Michas Kopf zusammen. Er hatte mich schreien gehört und sich über mich gebeugt, als ich hoch fuhr. Au, schrie er. Was hast du denn? Hast du den wieder einen Alptraum gehabt Mirja? Er hielt mich in seinen Armen und wiegte mich wie ein kleines Kind. Ja, ganz grässlich. Nachdem wir nun wieder hellwach waren, war Micha auch bereit mir zuzuhören.

Du weißt, ich habe Jonas über Sanja kennen gelernt. Eines Tages sagte sie, komm doch eben mit zu ihm, ich muss noch von ihm die Bettwäsche abholen, dann können wir schwimmen gehen. So geschah es und ich muss sagen, dass ich von ihm beeindruckt war. Du hast ihn ja selbst kennen gelernt. Ich war auch sehr geschmeichelt als ich merkte, dass er mich interessant und rätselhaft fand. So war es dann schon fast Pflicht bei ihm rein zuschauen, wenn Sanja und ich schwimmen gingen. Natürlich hat Sanja nicht so sehr viel Freizeit wegen ihrer Arbeit. Du weißt, dass ich selbst aber jeden Tag schwimmen gehe. Und so mithin habe ich des Öfteren alleine bei ihm reingeschaut. Er fand mich toll und machte auch einige Annäherungsversuche. Doch im Gegensatz zu früher muss ich es heute nicht mehr darauf ankommen lassen jeden Mann ins Bett zu bekommen, den ich will. Heute reicht es mir zu wissen, dass ich ihn haben könnte. Und er hat schnell gemerkt, dass ich ihn zwar mochte, aber auch nicht mehr. Er hat es respektiert. Dann kam irgendwann von ihm der Vorschlag mich doch malen zu dürfen. Erst war ich skeptisch, aber dann kam mir der Gedanke, es wäre doch eine schöne Idee, dir eben dieses Bild zum Geburtstag zu schenken. Ich hatte zunächst aber nicht daran gedacht mich auszuziehen, doch Jonas meinte es wäre doch ein besonderes Bild, nur einen Parero um die Hüften zu schwingen. Er meinte du würdest dich bestimmt noch mehr freuen. Sicher wirfst du ihm jetzt Eigennutz vor, aber vergesse nicht er war schließlich ein Künstler und hatte schon des öfteren Aktbilder gemalt. Ich fand eigentlich nach gewisser Gewöhnung nichts schlimmes mehr dran. Schließlich liegt man am Strand auch oft genug mit freiem Oberkörper. Micha schluckte ein paar Mal und sagte dann, gut wenn es so war, glaube ich es dir. Wenn du aber wieder in eine solche Situation kommen solltest, dann sage mir besser vorher Bescheid, auch auf die Gefahr hin, dass der Überraschungseffekt dann weg ist. Ich war so froh, dass er wieder mit mir redete und vertraute. Morgens um 4.00 Uhr schliefen wir dann ein.

Ich hatte mir vorgenommen gleich nach dem Aufstehen Franja anzurufen. Man sagte mir, dass Franja seit Donnerstagabend frei hatte und wohl heim gefahren sei. Komischerweise aber war sie nicht hier. Sanja hätte es mir doch gesagt, wenn sie da wäre. Doch ich war nicht weiter beunruhigt denn Franja war schließlich ein junges Mädchen von 18 Jahren, sicher war sie bei einem Freund. Wir hatten zwar immer gefrotzelt, wenn sie denn nun endlich auch einen Freund haben würde, denn es erschien uns einfach an der Zeit, wenn wir an uns selbst zurück dachten, als wir so jung waren. Franja blieb immer ganz gelassen. Ihre Antwort war nur, ich habe Zeit und warte auf etwas Besonderes. Na ja, vielleicht hatte sie ihn nun gefunden.

Wir frühstückten in aller Ruhe und hatten vor nach El Cotillo zu fahren. Es war immer ein schönes Erlebnis an dem wunderschönen weißen Strand zu liegen. Die Gegend da oben war viel schroffer als hier an der Costa Calma. Es gab auch da oben noch weniger Tourismus wie hier. Wir hatten schon unsere Klamotten zusammengepackt, als es klingelte. Es war Franja mit einer Reisetasche. Oh sagte ich , dich habe ich vorhin versucht zu erreichen. Da war ich schon unterwegs. Komisch dachte ich, wieso sagt sie mir nicht, dass sie seit Donnerstagabend von der Hotelfachschule schon weg war. Ich fasste mir ein Herz und fragte Sie wo Sie denn gewesen wäre. Zuerst erblasste sie etwas und sagte dann, bei meinem Freund, der wohnt auch in Rosario. Ach, dann haben wir jetzt den Besonderen gefunden? Kann schon sein, war die Antwort. So richtig begeistert klang das aber nicht. Weißt du denn schon Bescheid? Ja, Mirja ich weiß alles. Wie ich vor einer Stunde in unser Haus wollte kam gerade der Kommissar und erzählte mir alles. Sie nahmen mich in das Office mit. Daraufhin habe ich aus unerklärlichen Gründen Angst bekommen und wollte nicht mehr nach Hause. So bin ich zu Euch gekommen. Das ist in Ordnung so Kleines. Kannst du denn später mit mir nach Hause gehen, um mir frische Klamotten zu holen, fragend schaute sie mich an. Selbstverständlich, antwortete ich. Micha hatte inzwischen noch mal einen Kaffee aufgebrüht und für Franja eine Tasse geholt und etwas Baguette. Wir setzten uns zu ihr an den Tisch wollten mit ihr über die ganze Sache reden, aber sie

22

wiegelte ab und war seltsam verschlossen. Vielleicht reagiert man eben so wenn die eigene Mutter unter Mordverdacht stand. Franja stand ihrer Mutter immer sehr nahe. Wir hatten uns oft darüber lustig gemacht. Aber vielleicht war das auch ganz normal, wenn man wie sie ohne Vater aufgewachsen ist.

Plötzlich sprang sie vom Tisch auf und sprang würgend ins Bad. Oh weh dachte ich noch, so spurlos wie sie tut, geht das Ganze doch nicht an ihr vorüber. Wir hörten sie würgen. Nach ein paar Minuten kam sie zurück, setzte sich wieder und aß weiter als wäre nichts gewesen. Sicher war die ganze Aufregung schuld daran. Wir wollten eigentlich nach El Cotillo willst du denn mit? Nein ich wollte mit einer Freundin surfen gehen. Dann macht es dir nichts aus, wenn wir ein paar Stunden weg sind? Natürlich nicht .Dann holen wir auch erst morgen früh meine Klamotten, ich muss erst am Mittwoch wieder in Rosario sein. Gut dann hätten wir das auch geklärt. Wenig später rauschte sie ab. Wir fuhren dann auch los. Wenn wir gut drauf waren fuhr Micha immer durch das Felsmassiv in Richtung Corralejo, doch heute nahm er den schnellsten Weg. Nach cirka einer Stunde waren wir da. Nur leider hatte das Wetter umgeschlagen. Die Sonne war weg, der Wind stärker geworden. Da würde Franja sich freuen, denn zum Surfen braucht man nun mal Wind. Zuerst fuhren wir zum Leuchtturm, wie immer. Von da aus hatte man den schönsten Blick über den Atlantik. Die Wellen schaukelten sich gegenseitig hoch und peitschten mit gewaltigem Tosen an die Felsen. Gebannt schauten wir zu. Leider wurde der Wind immer stärker und die Wolken bedrohlicher. Wir liefen dann noch eine ganze Zeit am Strand entlang über die Steine. Der Strand war natürlich an der Costa Calma wo wir wohnten viel besser begehbar. Es waren schöne Sandstrände und doch hatte diese Gegend hier den größeren Reiz. Wilder, schroffer, einfach klasse. Später gingen wir in unser Lieblingsrestaurant, dass direkt am Wasser gelegen ist. Wir stiegen die Treppen auf die Terraza hinauf. Unten konnte man bereits nicht mehr sitzen, weil die Flut die gesamte Fläche überschwemmt hatte. Wir hatten Glück und bekamen direkt ganz vorne einen Tisch, so dass wir das Schauspiel der Flut gut sehen konnten. Der Kellner kannte uns recht gut und brachte uns ohne dass wir etwas sagen mussten ein kleines und ein großes Bier. Salute, sagt er und legte uns gleichzeitig die Speisekarte auf den Tisch. Doch auch da bräuchten wir eigentlich nicht mehr rein schauen. Denn meistens aßen wir dasselbe wie immer.

Als Vorspeise Kanarische Kartoffeln mit einer pikanten Soße und Champion in heißer Knoblauchsoße. Köstlich!!!! Anschließend gab es dann eine Pizza. Es waren die besten Pizzen auf Fuerteventura. Wir genossen unser leckeres Essen und den herrlichen Anblick des tosenden Meeres. Wenigstens waren wir jetzt für eine ganze Weile von unseren Sorgen abgelenkt. Auch wenn dieser Zustand nicht lange anhalten würde. Zum krönenden Abschluss gab es dann noch einen Espresso und dann wurde es auch schon wieder Zeit an die Rückfahrt zu denken.

Wir kamen so gegen 18.00 Uhr in Canada del Rio an der Costa Calma wieder an und begaben uns zu unserem Haus. Franja wartete schon auf uns. Ich hatte ihr morgens einen Schlüssel gegeben damit sie rein konnte. Sie sah sehr blass aus. Ich machte noch einmal einen Vorstoß über ihre Mutter zu reden, aber sie ließ sich auf nichts ein. Wir müssen warten, sagte sie nur. Recht hatte sie. Wollen wir denn gleich jetzt eben zu euch nach Hause deine Sachen holen fragte ich. Von mir aus gab sie etwas lustlos zu Antwort. Also fuhren wir dahin. Es waren nur zwei Autominuten von uns entfernt. Als wir auf schlossen schlug uns ein schaler Geruch entgegen. Ich werde erst mal alles aufreißen und du kannst deine Sachen packen. Gesagt, getan. Ich leerte auch noch den Mülleimer aus als mir einfiel, dass eventuell im Badezimmer auch noch Abfall stehen könnte. Also ging ich hinein und hob den Deckel des kleinen Eimers hoch und richtig er musste auch geleert werden. Leider hatte ich mich etwas ungeschickt angestellt, denn es kullerte einen Teil des Abfalls auf die Erde. Wattepads, Sandpapierfeilen und unter anderem ein so genannter Schwangerschaftstest. Blitzschnell überlegte ich, dass er von Sanja nicht in Anspruch genommen sein konnte. Sie hatte sich direkt nach Franjas Geburt sterilisieren lassen. Dann also hatte ihn Franja benutzt. Sollte sie so schnell jetzt schwanger geworden sein, da sie doch erst seit kurzem einen Freund hatte. Sie konnte einem leid tun. Sie war schließlich noch in der Ausbildung. Ich mochte den Faden nicht weiter spinnen. Auf ihre Mutter konnte sie momentan nicht zählen. Ich überlegte, ob ich sie drauf ansprechen sollte, ließ es aber dann doch sein. Vielleicht kam ein besserer Augenblick.

Kurz darauf kam sie mit der Reisetasche zurück mit den Worten, so das wäre es erst mal. Wir schlossen ab und fuhren wieder Retoure.

Micha hatte für unseren Gast Spagetti und eine leckere Tomatensauce gekocht. Das war schon seit ewigen Zeiten Franjas Leibgericht, wenn sie bei uns zu Besuch war. Sie schien sich auch zu freuen, dass Micha noch daran gedacht hatte. Zuerst aß sie auch mit gutem Appetit bis sie wieder aufsprang ins Badezimmer sprang und wir ihr Würgen hörten. Mein Gott, ist sie denn

krank oder was ist denn mit ihr? Micha sah mich fragend an. Ich konnte ihm aber so schnell keine Antwort geben, denn sie erschien bereits wieder. Sie aß wiederum weiter, wie wenn nichts gewesen wäre. Typisch schwanger!!!!!!!! Wenn man sonst eine Magenverstimmung hat, schmeckt einem Essen nach dem Erbrechen meist nicht mehr, doch Schwangerschaft erzeugt dieses Phänomen einfach weiter essen zu können. Bitte verzeiht mir, ich habe mir, glaube ich, den Magen vor ein paar Tagen verdorben. Ich hüstelte vor mich hin. Für mich dachte ich, ich möchte gerne wissen, in welchem Monat sich die Magenverstimmung denn befindet. Sagte aber erst mal nichts. Micha meinte, du solltest aber einen Arzt aufsuchen, wenn es nicht besser wird. Versprochen sagte sie. Mir fiel auch auf, dass wenn sie sich beobachtet fühlte ihre Figur straffte, unbeobachtet sah sie bereits etwas rundlich aus. Bei genauem Betrachten konnte man auch schon so etwas wie ein kleines Bäuchlein sehen. Im wievielten Monat sie wohl sein mag. Fragen über Fragen. Wollte sie das Kind austragen oder doch abtreiben. Aber dafür würde es bestimmt bald zu spät sein. Ich erschauerte bei dem Gedanken an Abtreibung. Nicht dass ich jemanden verurteilt hätte, der dies getan hatte, aber ich hätte es niemals tun können. Ich wusste auch von ein paar Frauen, dass sie selbst nach langer Zeit niemals wirklich darüber hinweg gekommen sind. Es musste geredet werden, soviel stand fest. Wir mussten ihr helfen so oder so. Vielleicht ergab sich morgen eine Gelegenheit.

Der Anwalt von Sanja rief dann auch noch an. Ich hatte ihm auf die Mailbox gesprochen. Mit kurzen knappen Sätzen erklärte ich ihm die vertrackte Lage. Er lachte, so einen ausgemachten Blödsinn habe ich noch nie gehört, Sanja eine Mörderin. Das haben wir bestimmt bald geklärt. Er versprach direkt Montag früh Kontakt aufzunehmen. Beruhigt versuchte ich nun Franja das auch zu übermitteln. Ihre Reaktion war aber nicht so wie ich es erwartet habe. Wir müssen abwarten war ihre Antwort. Es war der Satz, den sie mir in Bezug auf das Geschehen schon ein paar mal gesagt hatte.

Es war dann die erste Nacht, die wir ganz normal schlafen konnten.

Als die Sonne uns morgens weckte, sprang ich fast übermütig aus dem Bett. Alles würde gut werden. Doch dann kam auch unmittelbar der Schmerz wegen Solveig und Berhard. Nichts würde gut werden. Die Freunde würden nie mehr da sein. Auch Jonas würde nie wieder malen. Ich hatte auch keine Ahnung, wann die beiden für die Beerdigung von der Polizei freigegeben würden. Sicher würde man heute mehr erfahren. Ich beschloss, dass ich die Brötchen heute holen würde. Ich sprang kurz unter die Dusche, band mir meine roten Locken hoch und zog Shorts und ein T-Shirt an. Eine wilde Strähne hatte sich bereits wieder gelöst und fiel mir ins Gesicht. Es war immer das Gleiche. Nie sah ich ordentlich aus, immer hatten meine Haare ein Eigenleben, sie drehten sich zu wilden Ringellocken und machten einfach was sie wollten. Schon als Kind musste ich oft genug von meiner Mutter hören, du siehst schon wieder so wild aus. Aber ich konnte doch nichts dafür. Einmal hatte mich das so genervt, dass ich eine Freundin bat, ,mir die Haare doch ganz kurz zu schneiden. Leider war sie im zarten Alter von neun Jahren total ungeübt in solchen Dingen und dementsprechend sah ich aus. Nämlich wie ein gerupftes Huhn. Mein Vater, den ich sehr mochte, sagte zu diesem Experiment, Rothaarige ticken einfach anders. Es war das schönste Kompliment, dass ich je in meinem Leben bekommen habe. Es war eine Strafe sondergleichen. Zu diesem Zeitpunkt stand für mich fest, dass ich meine Haare in Zukunft immer lang tragen werde. So habe ich es dann auch bis heute gehalten. Zwar durfte der Friseur immer nach schneiden, dass sie gesund aussahen, aber auch nicht mehr.

Ich holte eine große Tüte voll mit Brötchen allerlei Sorten. Es war hier auf der Insel relativ schwierig gute Brötchen zu bekommen. Doch neuerdings war da auch ein deutscher Bäcker. Unfug, sagten manche. Wer deutsche Brötchen essen will, soll in Deutschland bleiben. Vielleicht nicht ganz zu Unrecht.

Micha und ich lebten jetzt schon fünf Jahre hier. Es gefiel uns ganz gut. Doch immer öfters denke ich auch daran, ob es nicht auch schön wäre, so für ein paar Monate in Deutschland zu leben. Irgendwie vermisse die Gegensätze von Sommer und Winter. Ich brauche auch die Kälte, selbst wenn ich dann darüber schimpfe. Ich hatte mit Micha schon des öfteren darüber gesprochen. Er schrieb Drehbücher, die konnte er wenn er die Recherche abgeschlossen hatte, schließlich überall schreiben. Ich selbst war Sprachlehrerin und würde in Deutschland genau so Sprachkurse geben können, genau wie früher eben. Bei Solveig und Bernhard hatte sich die Frage nie so gestellt. Bernhard war hier ein bekannter Immobilienmakler mit sehr gutem Ruf und Solveig war hier Kosmetikerin gewesen, hatte überall in den großen Hotels ihre Dienste angeboten und war auch sehr beliebt. Sie hatte damit sogar besser verdient wie in Deutschland. Vielleicht waren die Leute im Urlaub noch geneigter sich zu verschönern, wie zu Hause oder sie hatten einfach mehr Zeit für sich. Auch Sanja, die hier die Verwaltung der Strandhäuser machte und auch die Reinigungsarbeiten allein durchführte, weil sie jeden Cent brauchte, stellte sich die Frage nie, ob sie wieder nach Deutschland zurückkehren würde. Oft hatten wir ihr geraten für das Säubern der Häuser doch eine Hilfe zu nehmen, weil sie ja teilweise rund um die Uhr beschäftigt war und manchmal dementsprechend auch erschöpft schien. Doch sie hätte von ihrem Gehalt, das sie bekam die Putzhilfe bezahlen müssen und das war einfach nicht drin. Sie hatte schließlich keinen Mann, der auch Geld nach Hause brachte. Im Gegenteil, Sie musste schauen, dass Sie das Schulgeld für Franja zusammenbrachte. Einmal wollten Solveig und ich ihr eine Freude machen und schenkten Franja das Schulgeld für ein Jahr. Doch die Situation eskalierte. Sanja heulte und schrie, noch habe ich es immer allein geschafft meine Tochter und mich über Wasser zu halten. Wir mussten das Geld zurücknehmen. Stattdessen durften wir Franja, die heiß ersehnte Jeans und ein Top kaufen. Es war uns eine Lehre.

Der Kaffee duftete als ich vom Bäcker zurück kam. Franja hatte auch bereits den Tisch gedeckt. Sie schien wieder etwas besser auszusehen. Micha kam auch frisch und munter vom Bad. Was ist passiert? Habt Ihr denn schon alles gemacht? Gut kombiniert erwiderte ich. Wir ließen uns das Frühstück schmecken, solange bis Franja wieder in Richtung Badezimmer verschwand. Was ist denn um Himmelwillen mit ihr, fragte Micha. Ich denke, sie ist schwanger. Oh, dass saß. Sage aber erst mal nichts zu ihr. Versprochen! Sie kam zurück und aß weiter, als ob nichts gewesen wäre. Als sie unseren besorgten Blick merkte, meinte sie, sie würde nachher wegen ihrer Magenverstimmung in der Apotheke etwas besorgen. Mit diesem Argument konnte sie uns allerdings nicht beschwichtigen. Ich wollte ihr nicht zu nahe treten, meinte aber doch, dass es an der Zeit wäre die Situation langsam aber sicher zu klären.

Leider kam es aber dann doch noch nicht dazu. Der Kommissar stand plötzlich auf der Terrasse. Oh ja, es gab ihn auch noch. Und es gab noch viele Dingen zu klären. Als Erstes erzählte er mir, dass Bernhard und Solveig nun zur Bestattung freigegeben worden sind. Nun war mein Einsatz gefragt, ich musste mich darum kümmern, dass die Beerdigung reibungslos ablaufen würde.

Aber was dann kam, schlug wie eine Bombe ein. Er fragte Franja, ob er sie hier verhören könne, oder ob sie mit ins Office mitgehen wollte. Sie erstarrte. Ich habe Ihnen doch alles gesagt was ich weiß, mehr gibt es nicht zu sagen. Ich meine aber doch, erwiderte der Kommissar. Es geht hier nur um die Frage an welchem Ort wir Sie vernehmen sollen. Dann hier, brummelte Franja dann.

Gut, sagen Sie mir einfach wo sie zwischen Donnerstag abend bis Freitag früh waren. In Rosario, in meiner Hotelfachschule. Franja war noch so naiv, dass sie glaubte der Kommissar hätte noch keine Erkundigungen eingezogen. Waren sie eben nicht! Nun die Wahrheit, sonst lasse ich sie auch in Untersuchungshaft nehmen. Ich fand es nicht gut, dass er jetzt versuchte das Mädchen mit so einem Schwachsinn einzuschüchtern. Doch komischerweise zeigte dies seine Wirkung. Er hatte anscheinend Erfahrung in solchen Fällen. Sie wurde lammfromm. Ich war Donnerstag abend ab 21.00 Uhr bei meinem Freund in Rosario. Na also, geht doch. Der Kommissar spöttelte ganz unangebracht. Wie heißt der Freund und wo wohnt er? Er heißt Paco und ist Koch ,leider weiß ich die Straße nicht mehr. Gut das werden wir raus bekommen. Können Sie uns denn die Telefonnummer geben? Sie erblasste. Damit hatte sie nun doch nicht gerechnet, aber sie hatte keine andere Wahl. Sie rückte die Handynummer heraus. Das ist schön und gut, aber als Koch ist er jetzt wohl kaum zu erreichen. In welchem Hotel arbeitet er denn. Weiß ich nicht, wir kennen uns noch nicht so furchtbar lange. Selbst ich zweifelte an ihrer Glaubwürdigkeit. Nun ja, wir werden es auf Handy eben solange versuchen, bis er sich meldet. Etwas verärgert wirkte der Gute und das nicht zu Unrecht. Er wandte sich an mich und bat mich, das ich mich um die Beerdigung kümmern sollte. Ich werde dies umgehend in Angriff nehmen, antwortete ich ihm. Er verschwand ohne sich richtig zu verabschieden. Franja verschwand im Gästezimmer in dem sie zur Zeit wohnte. Ich hörte sie aufgeregt telefonieren. Die Wände waren hier dünn. Sie erhob ihre Stimme und fast flehend konnte man immer wieder das Wort bitte hören. Worum immer sie am Telefon gebeten hatte, es schien erhört worden zu sein, denn eine ausgeglichene Franja kam wieder ins Wohnzimmer und ging zur Tagesordnung über. Ich würde vielleicht heute noch mal surfen gehen, sagte sie. Irgendwie stimmte etwas nicht mit ihr. Sie kam mir vor, als wollte sie einfach ihre Schwangerschaft ignorieren, so tun als wäre nichts. Wie konnte ich sie dazu bringen sich auszusprechen? Es kam auch nicht mehr dazu. Sie bekam über Handy einen Anruf und danach behauptete sie, sie müsse umgehend auf die Hotelfachschule zurück. So blieben wir ratlos zurück. Wir nahmen ihr noch ein Versprechen ab, sofort anzurufen, wenn sie unsere Hilfe benötigte. Dann packte sie Ihre Reisetasche und weg war sie. Sie brauste mit ihrem kleinen Flitzer davon. Wir selbst hatten jetzt alle Hände voll zu tun die Beisetzung in die Wege zu leiten.

Das Schlimmste hatten wir hinter uns. Unsere Freunde hatten wir beerdigt. Es war ein grauenvoller Tag. Zeitweise wurde der Schmerz übermächtig. Sanja, die unbedingt dabei sein wollte, bekam keinen Freigang. Franja konnte angeblich kein schulfrei bekommen. Das nahmen wir ihr allerdings übel, weil wir das nicht glauben konnten. Was für Motive dahinter steckten, erfuhren wir erst später.

Heute abends würde Micha mit der Fähre nach Cran Canaria fahren. Er musste für sein neues Drehbuch recherchieren. Es machte mir Angst alleine zu bleiben, denn ich hatte des öfteren nachts Alpträume. Er wollte, dass ich mitkomme, aber ich musste morgen doch wieder Sprachunterricht geben. Na ja, länger als bis Dienstag abend würde er nicht weg sein.

Ich verstand überhaupt nicht, dass sie Sanja so lange festhielten. Sie mussten doch mittlerweile auch gemerkt haben, dass sie unschuldig ist.

Kleine Zweifel nagten aber jetzt auch an mir. Wenn sie nun doch Jonas erstochen hatte? Es wurden letztendlich nur ihre Fingerabdrücke auf dem Messer gefunden. Schnell verwarf ich den unsinnigen Gedanken wieder. Aber wer war der Mörder? Solveig war immerhin unmittelbar vor Eintritt des Todes bei ihm gewesen. Aber sie hatte doch überhaupt kein Motiv. Sie hatte ihn geliebt und war verrückt nach ihm und so wie es aussah, beruhte das auf Gegenseitigkeit. Also warum sollte sie dann so etwas tun? Aber warum sollte Sanja ihn töten? Sie hätte eher ein Motiv, schließlich hatte er ihre Liebe verschmäht. Weswegen liebt er Solveig, hatte sie mehr als einmal gesagt. Sie ist verheiratet, dass gibt nur Ärger. Ich wäre frei, es könnte alles so schön sein. Aber die Liebe hat eigene Gesetze, das musste auch Sanja begreifen und sie schien es auch kapiert zu haben. Oder etwa doch nicht? Ist Mord eine Lösung für sie gewesen, um eine unerwiderte Liebe zu beenden?


Ich brachte Micha nach Morro Jable wo er dann die Fähre nach Gran Canaria nahm. Es war weder ihm noch mir wohl in unserer Haut. Doch wir hatten keine Wahl, wenn Micha jetzt nicht aktiv werden würde, hätte er kaum Chancen das Drehbuch fristgerecht abzuliefern. Eine letzte Umarmung und er verschwand erst mal unter Deck. Ich wartete auch nicht bis er oben ankam. Es würde es nur noch schlimmer machen. Schließlich war er in ein paar Tagen wieder da. Spontan entschloss ich mich einen Einkaufsbummel zu machen. Zumindest war ich etwas abgelenkt. Ich fuhr also zu der großen Shopping-Meile. Als Erstes beehrte ich eine Parfümerie. Lange schon hatte ich mir keinen neuen Duft geleistet. Wenn Micha wieder nach Hause kam, würde ich ihn mit neuem Outfit und neuem Parfüm überraschen. Ich wurde auch schnell fündig. Ich wählte einen puderigen Duft, ich fand ihn unwiderstehlich. Anschließend kaufte ich mir noch eine ganz ausgefallene Jeans und ein T-Shirt. Ich fand mich darin ziemlich sexy. Jetzt brauchte ich nur noch etwas für meinen Geist. Da wurde es etwas schwieriger. Es gab hier nicht allzu viel Auswahl an Büchern. Doch ich fand etwas Passendes. Ich bin zwar ein großer Krimiliebhaber, aber nach alldem was passiert war und vor allem weil ich heute Nacht alleine war, entschied ich mich für eine eher heitere Lektüre. Zur Krönung gönnte ich mir noch ein Eis. Ich setzte mich in eine Bar direkt an der Einkaufsmeile und bestellte mein Lieblingseis Banane und Schokolade. Wehmut überfiel mich. Wie oft hatten wir drei Frauen hier gesessen. Wir bildeten einen ungeheureren Kontrast zueinander. Solveig, die Platinblonde, auch die Kühle genannt. Sanja, die tiefschwarze Haare hatte und ein echtes Vollblutweib war. Dann ich, die Rothaarige, die auch oft die Ungestüme genannt wurde. Wenn Micha mich ärgern wollte, sagte er nur Federwisch zu mir, weil ich keine Geduld habe und mir alles zu langsam geht. Ich will nicht warten. Wenn ich etwas haben will, dann will ich es sofort. Ja so ist es. Und nun würden wir niemals mehr alle an diesem Tisch sitzen und große Reden schwingen, so wir wir es oft getan hatten. Tränen rannten mir über das Gesicht. Sicherlich verschmierte gerade meine Wimperntusche. Doch ich konnte nicht aufhören zu weinen. Der spanische Kellner der mit noch einen Espresso brachte schaute mich mitleidig an. Señora, wie kann ich ihnen helfen? Fragend hob er die Schultern. Ich bemühte mich etwas ähnliches wie ein Lächeln zustande zu bringen. Ich bin schon wieder okay, sagte ich. Ich schlürfte noch meinen Espresso und wollte eben bezahlen als Diane, eine alte Bekannte, an meinem Tisch vorbei laufen wollte. Oh Mirja, flötete sie, bist du das wirklich. Sie setzte sich unaufgefordert an meinen Tisch. Ich wäre heute lieber allein geblieben. Mir war nicht nach Konversation. Doch ich konnte sie schlecht vom Tisch weg scheuchen. Ist es wahr, was ich erfahren habe. Sind Solveig und Bernhard wirklich tot und ist Sanja wirklich im Knast? Ja, sie sind tot. Aber Sanja ist nicht im Gefängnis, schließlich hat noch keine Verhandlung stattgefunden. Sie sitzt erst einmal in Untersuchungshaft. Dieser Jonas sprach sie un-bekümmert weiter, war ein ganz Schlimmer. So ein Frauenverschleiß, wie der gehabt hat. Man munkelt er soll auch ein Verhältnis mit Solveig gehabt haben und da waren noch viele andere. Auch ein ganz junges

Ding soll dabei gewesen sein. Kein Wunder, dass ihn jemand abgemurkst hat. Du solltest etwas vorsichtiger sein mit deinen Äußerungen, erwiderte ich und stand auf. Du wirst mich jetzt entschuldigen, ich muss gehen.

Ein Satz ging mir aber immer noch im Kopf herum"auch ein ganz junges Ding soll dabei gewesen sein." Dieser Satz bereitete mir Unbehagen. Ich konnte nicht einmal sagen warum. Ich war froh, als ich wieder zu Hause war. Meine gute Laune und Freude über meinen Einkauf war wie weggepustet. Ich musste schauen, dass ich mein Gleichgewicht wieder fand. Ich ging unter die Dusche und hinterher hüllte ich mich in einen herrlichen Duft von Körperöl ein. Das hob meine Laune wieder etwas. Weil es auf einmal auch etwas kühler geworden war, zog ich einen molligen Hausanzug an, den mir Micha neulich gekauft hatte. Es fing an zu regnen. So dachte ich, jetzt lass ich mich nicht mehr stören. Ich machte mir noch ein paar Häppchen und öffnete eine Flasche von meinem Lieblingsrotwein und verzog mich auf die Couch zurück.

Mein neues Buch gefiel mir sehr gut und vertrieb all die düsteren Gedanken.

Später telefonierte ich noch mit Micha. Ich erzählte von diesem dämlichen Gespräch mit Diane. Er reagierte gelassen, du weißt doch, dass sie ein altes Klatschmaul ist. Er hatte zweifelsohne recht. Diane war auf unsere Clique nie gut zu sprechen gewesen. Sie hatte ein paar Mal versucht aufgenommen zu werden, aber sie hatte auf Granit gebissen. Sie war uns einfach zu falsch, zu laut und zu anstrengend. Wir wollten sie bei unseren Treffen nicht um uns haben. Das hatte sie uns allerdings sehr übel genommen. Sie setzte einfach irgendwelche Gerüchte in Umlauf. Doch alle die sie kannten, wussten aber dass sie es mit der Wahrheit nicht allzu genau nahm. Infolgedessen glaubte ihr auch niemand wirklich. Pass auf dich auf, sagte Micha noch zu mir, ich bin bald wieder bei dir. Versprochen mein Schatz, sagte ich.

Gegen elf Uhr ging ich ins Bett. Es regnete mittlerweile stärker. Eine Weile grübelte ich noch über das blutjunge Ding nach, wie Diane es nannte. Vielleicht war ja doch etwas dran? Man meinte oft genug Menschen zu kennen, aber nicht selten stellt sich dann heraus, dass man sich getäuscht hat. Anderseits war Jonas Maler gewesen und hatte mit Sicherheit viele Menschen gemalt. Da könnte durchaus auch ein junges Mädchen dabei gewesen sein. Das sagte doch gar nicht über ihn als Menschen aus. Darüber muss ich wohl eingeschlafen sein. Ein vermeintliches Rütteln an der Tür ließ mich hoch schrecken. Sanja wieder in Gestalt der Wasserleiche trommelte gegen die Tür. Ich konnte Traum und Wirklichkeit nicht auseinander halten. Mit einem Satz sprang ich aus dem Bett und riss die Tür zur Terrasse auf. Peitschender Regen traf meinen Körper, ein nasser Gegenstand schlug mir ins Gesicht. Warum tust du mir so weh Sanja? Erst jetzt merkte ich, dass sich die Jalousie aus der Verankerung gelöst hatte und jetzt durch den Sturm wild hin und her schlug. Ich lachte hysterisch auf. Ich versuchte auf einen Terrassenstuhl zu steigen und sie wieder zu befestigen. Nach wie mir schien, endlosen Versuchen schaffte ich das Wunder. Total durchnässt und fröstelnd legte ich mich wieder ins Bett. Ich hatte keine Kraft mehr mich abzutrocknen. Vor Erschöpfung bin ich dann eingeschlafen.

Als um 8.30 Uhr der Radiowecker anging, hätte ich so weiter schlafen können. Aber das ging natürlich gar nicht, denn meine Sprachschüler warteten schließlich auf mich. Also ab unter die Dusche. Danach ging es schon besser. Doch im Laufe des Tages bekam ich Halsschmerzen und wurde heiser. Sicher die Auswirkungen meiner nächtlichen Aktion. Ich war froh als ich den Unterricht so gegen 16.00 Uhr beenden konnte. Wider erwarten war heute ein schöner sonniger Tag. Normalerweise hatte ich immer freitags nach meinem Unterricht ein Ritual. Ich ging zur Strandbar Nuevo Horizonte und gönnte mir ein Knoblauchbrot und einen Mojito. Es war schön da zu sitzen und auf das Meer zu schauen. Meistens kam dann etwas später mein Micha auch noch vorbei. Doch heute zog es mich eher nach Hause. Mittlerweile bekam ich keinen Ton mehr heraus. Als mein Mann später anrief, war es mir zu mühsam mit ihm zu reden. Ein paar kurze Sätze brachte ich gerade noch zustande. Als Franja anrief, ging gar nichts mehr. Ich wollte dir nur sagen, dass ich beim Doc war und es mir besser geht tönte sie. Was wollte sie mir damit sagen? Sie konnte mich doch nicht für so naiv halten, dass sie glaubte, mir wäre ihre Schwangerschaft verborgen geblieben. Die Polizei hat auch bei Paco mein Alibi überprüft. Die kommen vielleicht auf blödsinnige Ideen, redete sie weiter. Als sie endlich merkte, dass ich nicht antworten konnte, schien sie froh, das Gespräch beenden zu können. Nun war ich beenden zu können. Nun war ich wieder voll beschäftigt meine Gedanken zu ordnen. Was bezweckte sie mit diesem Gespräch? Ich wurde einfach nicht schlau aus ihr. Vor allen Dingen irritierte mich, dass sie so wenig Anteilnahme vermissen ließ in Bezug auf ihre Mutter. Ihr Schicksal konnte ihr doch nicht so gleichgültig sein. Sanja war immer eine liebevolle Mutter gewesen. Ihre Tochter bedeutete ihr einfach alles. Aber andersherum schien da eine gewisse Kühle zu herrschen. Ich versuchte mich zu erinnern ob dies schon immer der Fall gewesen war. Kam dann zu dem Ergebnis, dass dies nicht der Fall war. Noch letztes Jahr als Sanja eine Lungenentzündung hatte, war Franja jeden Tag nach Beendigung ihrer Hotelfachschule zur ihr gefahren, obwohl das von Rosario eine Stunde zu fahren war. Ein Auto hatte sie zu dieser Zeit auch noch nicht. Sie war auf die öffentlichen Verkehrsmittel angewiesen. Morgens um 6.00 Uhr musste sie dann den ersten Bus nehmen um pünktlich in ihrer Schule zu sein. Sie kam fast um vor Sorge um ihre Mutter um. Was also war geschehen, dass sie so merkwürdig reagierte. Ich grübelte, aber eine Antwort fand ich nicht. Aber plötzlich geisterte wieder der Satz in meinem Kopf, da war auch so ein blutjunges Ding, die Jonas besuchte. Es war Diane zumindest gelungen, dass ich mir die unmöglichsten Dinge vorstellen konnte. Sofort verwarf ich diesen dummen Gedanken. Zudem dachte ich, hat Franja schließlich einen Freund neuerdings. Ich beschloss in meinem Buch weiter zu lesen. Doch zu allem Übel bekam ich auch noch Kopfschmerzen und alle Glieder taten mir weh. Da das Wochenende unmittelbar bevorstand ging ich noch zum Doc. Er begrüßte mich wie eine alte Bekannte. Nachdem er mich mit einigen Medikamenten versorgt hatte, kam er natürlich auch auf die Ereignisse zu sprechen. Hier kennt doch wirklich jeder Jeden. Er war voller Bedauern über den Tod von Solveig und Bernhard. Auch Jonas Tod bedauerte er. Er war ein so großartiger Maler, ich hätte ihm allerdings mehr Aufträge gewünscht. Aber er war auch so eine Art Lebenskünstler. Er kam mit wenigen Mitteln auch zurecht. Dass Sanja es allerdings gewesen sein soll, die ihn um brachte glaube ich nicht. Vielleicht steckte ein eifersüchtiger Ehemann dahinter. Unser Jonas war kein Frauenverächter und so nahm das Verhängnis seinen Lauf ,meinte er. Leid tut mir natürlich Franja. In ihrem Zustand sollte sie nicht solchen Belastungen ausgesetzt sein. Gerade in den ersten vier Monaten ist so etwas äußerst kritisch und es besteht immer die Gefahr, dass sie ihr Baby verlieren könnte. Nun war es zur bitteren Wahrheit geworden, durch dieses Plappermaul von Doc.

Natürlich konnte er nicht wissen, dass er etwas mehr oder weniger Geheimes ausgeplaudert hatte. Bingo!!!!!!!!!!!!

Als Micha endlich wieder nach Hause kam, war ich immer noch schlimm erkältet. Ich war sehr froh ihn wieder hier zu wissen. In gewisser Weise war ich da verwöhnt. Da er die Drehbücher vorwiegend zu Hause schrieb, hatte ich ihn fast immer um mich. Gerade in der schweren Zeit, jetzt wusste ich das durchaus zu schätzen.

Wir hatten uns vorgenommen, es uns heute gut gehen zu lassen. Er hatte von Cran Canaria Wein mitgebracht. Den wollten wir heute Abend genießen.

Als gegen 19.00 Uhr Sanja anrief, dass sie wieder auf freiem Fuß wäre, waren wir sofort bereit, sie von Rosario abzuholen. Endlich hat sich das Verhängnis wohl aufgeklärt, dachte ich. Micha bot sich an alleine zu fahren, dann könnte ich doch noch eine Kleinigkeit zu Essen vorbereiten. Das kam mir sehr entgegen, da ich mich immer noch mies fühlte wegen meiner Terrassenaktion. Ich zauberte uns rasch noch eine Paella. Sanja aß sie immer besonders gerne und ich glaube, heute war sie besonders dankbar für ein leckeres Essen. Gespannt wartete ich auf ihre Ankunft.

Sie schien um Jahre gealtert. Der Haaransatz war grau nachgewachsen. Man merkte auch das sie sich sichtlich unwohl fühlte. Ich nahm sie herzlich in den Arm. Tränen liefen ihr über das Gesicht. Das Ganze hatte sie doch unheimlich mitgenommen. Nicht weinen, es wird jetzt alles gut. Beim Essen bekam sie wieder etwas Farbe im Gesicht und der Wein tat ein übriges. Sie berichtete mit kurzen Worten, dass man sie freigelassen hatte, weil die Indizien anscheinend nicht ausreichten um sie länger festzuhalten. Die Fingerabdrücke von ihr auf der Tatwaffe waren kein echter Beweis, weil sie das Strandhaus sauber gehalten hatte und somit das Messer, das sich dort befand auch angefasst hatte. Schließlich räumte sie auch dann und wann die Geschirrmaschine aus oder machte die Küche ganz allgemein sauber. Auf jeden Fall hatte dieser einzige Beweis nicht ausgereicht. Vor allen Dingen hatte sich noch ein Zeuge gemeldet, der sich zur selben Zeit in La Pared befand, wie Sanja zur Tatzeit. Er hatte lange geschwiegen ,weil er nicht allein da war. Seiner Ehefrau hatte er etwas von einem Geschäftsessen erzählt. Doch dann schien ihm sein Gewissen keine Ruhe gelassen zu haben und er hat seine Aussage gemacht. Was für ein Wahnsinn, dass man in einer solchen Situation noch von dem Gewissen anderer abhängig ist.

Nach einer ganzen Weile kam dann das Gespräch auf Franja. Ich konnte sie anrufen, dass ich frei komme, aber ihre Freude war sehr verhalten, erzählte Sanja. Sie wusste auch nicht, ob sie am Wochenende kommen kann..................

Ich fasste mir ein Herz und sprach Sanja auf die Schwangerschaft ihrer Tochter an. Noch nie im Leben hatte ich sie so fassungslos gesehen. Schwanger rief sie aufgebracht. Von wem denn, sie hat doch nicht mal einen Freund. Ich konnte nicht an mich halten. Sag mal wie lange vor deiner Festnahme hast du denn deine Tochter nicht mehr richtig angesehen und nicht gesprochen? Ihr wisst doch, dass ich die letzten vier Wochenenden immer gekellnert habe um noch etwas Geld zu verdienen. Die Reparatur von Franjas Auto hat meine letzten Reserven aufgebraucht. Da habe ich sie natürlich nicht oft gesehen. Wenn sie hier ist, geht sie tagsüber an den Strand zum Surfen und abends war ich dann kellnern. So kann es gehen dachte ich und Menschen leben aneinander vorbei!

Sanja konnte sich kaum beruhigen. Was soll denn werden? Im Juni hat sie ihre Ausbildung beendet und könnte endlich ihr eigenes Geld verdienen und dann kommt so etwas dazwischen. Ich verstehe das alles nicht. Sie kann doch auch nicht mit ihren 18 Jahren heiraten. Können schon, wollte ich erwidern, ließ es dann aber. Komisch ist nur das Sanja selbst noch nicht mal ganze 18 Jahre war, als sie Carlos geheiratet hatte. Aber das war wahrscheinlich etwas ganz anderes. Als hätte Sie meine Gedanken hätte lesen können, sagte sie, ich war auch noch sehr jung, als ich Franjas Vater geheiratet habe, aber wir waren füreinander geschaffen. Was für eine logische Erklärung, murmelte Micha zynisch. Ich zwinkerte ihm zu. Weißt du was, warte jetzt erst mal ab was Franja zu der ganzen Sache sagt und vor allen Dingen was sie vorhat.

## Sanja

Endlich bin ich wieder frei. Es war ziemlich hart in Untersuchungshaft zu sitzen. Nicht das ich schlecht behandelt worden wäre, aber meine Nerven spielten einfach nicht mehr mit. Zudem hatte ich Panik, weil ich dachte, was wäre, wenn sie die Wahrheit nicht raus finden würden. Die Frage ist tatsächlich aber immer noch offen, jedenfalls für mich, wer hat Jonas ermordet. Der Schmerz saß sehr tief. Ich hatte zuletzt zwar akzeptiert, dass er nichts von mir wollte, aber trotz allem immer gehofft, dass er sich anders besinnen würde, denn Solveig so glaubte ich, jedenfalls würde Bernhard nie verlassen. Wenn es brenzlig wird, hätte sie bestimmt die Affäre schnell beendet. Jonas war mehr oder weniger ein brotloser Künstler, der von der Hand in den Mund lebte. Bernhard dagegen verdiente das Riesengeld. Die beiden lebten doch wie Gott in Frankreich. So etwas würde sich die verwöhnte Solveig niemals entgehen lassen. Das Abenteuer hatte sie sicher gereizt, aber das war meines Erachtens auch Alles. Deswegen hatte ich auch die Hoffnung nie wirklich aufgeben. Doch zuletzt stirbt die Hoffnung.....dieser Satz konnte nicht zutreffender sein.

Nun liege ich wieder in meinem eigenen Bett. Nachdem Mirja mich nach Hause gefahren hatte, gab es kein Halten mehr für mich. Ich duschte noch eben und ging sofort zu Bett. Ich musste nachdenken und das konnte ich hier am Besten. Was war mit Franja los? Wo kam so plötzlich der Freund her? Und warum sagte sie nicht, dass sie schwanger ist? Fragen über Fragen.....

Ich hoffe inbrünstig, dass sie am Wochenende hierher kommt, um über alles zu sprechen.

Aber sicher war ich nach alldem was Mirja gesagt hatte, überhaupt nicht. Wir waren fast immer ein Herz und eine Seele. Zwar nicht auf der Basis Mutter und Tochter, eher wie Freundinnen. Aber irgend etwas scheint zwischen uns getreten zu sein. Die Gründe konnte ich nicht erahnen. Es war nichts geschehen, woraus ich Schlüsse ziehen konnte.

Lange quälten mich noch all die düsteren Gedanken, doch dann musste ich wohl eingeschlafen sein.

Ich träumte, dass ich mit Solveig telefonierte und sie sagte, warum sollte er mich suchen? Er hätte mich doch auf Handy erreichen können.

Als ich am Morgen wach wurde, fühlte ich mich zuerst gut erholt und ausgeschlafen, dann fiel mir mein Traum ein. Ein eigenartiges Gefühl beschlich mich. Ich versuchte es mit aller Gewalt zurück zu drängen, aber je mehr ich das tat, desto stärker wurde es.

Als Erstes musste ich mich auf den Weg machen um zu sehen, ob ich meine Stelle als Verwalterin der Strandhäuser noch hatte, oder ob man mich abgeschrieben hatte. Es war nicht auszudenken, was dann passieren würde, wenn...................

Schließlich war ich auf diesen Verdienst angewiesen. Es gab zwar hier auf Fuertenventura genügend Möglichkeiten Geld zu verdienen, aber so richtig erträglich, dass man davon leben konnte, gab es nicht sehr viele. Auch hier war das Leben in den letzten Jahren teuer geworden. Vor allem waren die Mieten meines Erachtens ziemlich hoch.

Vor dem Büro meines Chefs schnaufte ich noch einmal tief durch und ging dann kurzentschlossen hinein. Die Überraschung schien gelungen, denn als ich nach kurzem Klopfen an der Tür eintrat, verschluckte er sich fast an seinem Kaffee. Anscheinend hatte er mit mir zu allerletzt gerechnet. Oh Frau Fragante rief er, wie schön sie zu sehen. Ganz meinerseits, vermerkte ich. Die Falschheit, die er ausstrahlte, konnte ich sehr gut spüren.

Einen schönen guten Tag, sagte ich. Ich wollte Ihnen nur mitteilen, dass ich wieder im Einsatz bin. Ich hoffe, Sie hatten durch meinen Ausfall nicht zu viele Unannehmlichkeiten. Er schluckte ein paar Mal trocken und erwiderte, leider Gottes war ich gezwungen mich anderweitig zu informieren. Ich hatte ja keine Ahnung wie lange es dauern würde, bis Sie wieder auf freiem Fuß sein würden. Da habe ich natürlich Verständnis, aber nun bin ich wieder da und ich hoffe, dass ich meine Arbeit wieder zu ihrer Zufriedenheit ausüben werde. Nun sagt er und machte eine längere Pause, so einfach ist das nicht. Ich war gezwungen, die neue Mitarbeiterin fest einzustellen und somit ist Ihr Arbeitsplatz vergeben. Nun war es an mir zu schlucken. So schnell geht das hier. Hier gelten andere Gesetze im Vergleich zu Deutschland. Weggegangen, Platz vergangen, dachte ich nur. Bemühen Sie sich nicht weiter, sagte ich noch und rannte aus dem Büro. Tränen der Wut und Enttäuschung rannten mir über das Gesicht. So schnell war man also für Menschen abgeschrieben.

Nun lag es an mir, so schnell wie möglich eine andere Arbeit zu suchen, denn Ersparnisse hatte ich so gut wie keine.

Ich ging auf dem Rückweg beim El Palmeral vorbei, das ist ein so genannter Shoppingcenter. Wenn ich Glück hatte, konnte ich vielleicht irgendeine Arbeit kurzfristig bekommen. Wählerisch konnte ich weiß Gott nicht sein. Leider hatte ich mir das zu leicht vorgestellt, die Antwort war immer die Gleiche, momentan kein Bedarf. Die mitleidigen Blicke taten ein Übriges. Ich fühlte mich wie ausgehöhlt. Hier kannten sich auch alle untereinander und somit wussten auch alle von meiner Geschichte. Warum fragst du nicht einfach in der Bar nach, fragte eine der Verkäuferinnen des Sportshops? Weil ich nicht unbedingt kellnern wollte, so einfach ist das. Aber was ich wollte, war leider nicht gefragt. Kurzentschlossen ging ich also zur Shopping-Bar und bestellte mir einen Espresso. Wie ich feststellen konnte war wie immer zu wenig Personal da. Ich fasste mir ein Herz und fragte den Geschäftsführer, ob ich bei ihm die Möglichkeit hätte zu arbeiten. Er tat so als müsste er überlegen. Aber das schien so eine Marotte von ihm zu sein. Vielleicht wollte er so den Lohn drücken. Nach einer ganzen Weile ließ er sich dann herab und sagte, sie können sofort anfangen, wenn sie wollen. Den Lohn, den er mir nannte, ließ mir nicht viel Spielraum zu überleben, aber erst mal musste es gehen. So kam es also, dass ich am späten Nachmittag um 17.30 Uhr meine Schicht antrat.

Es war trotz allem nicht das Schlechteste. Ich war abgelenkt, war unter Menschen und ab und zu gab es auch etwas zu lachen. Noch ging es einigermaßen human zu, erst so ab dem 20.12. würden die ersten Weihnachtsurlauber kommen. Dann ist hier teilweise der Teufel los. Mirja und Micha kamen auch kurz auf ein Bier vorbei, sie wollten schauen wie es mir geht. So viel Fürsorge tat mir echt gut.

Als ich morgens erwachte, war ich voller Vorfreude. Franja hatte sich für heute angesagt. Ich hatte sie so lange nicht mehr gesehen.

Als sie dann endlich kam, schloss ich sie fest in meine Arme. Beziehungsweise wollte ich das tun, aber sie wand sich schnell heraus. Sie machte einen kalten Eindruck. Ich kannte plötzlich meine Tochter nicht mehr wieder.

Beim Kaffee trinken kam sie dann zur Sache. Also wie du siehst bin ich schwanger. Ich werde das Kind auch bekommen. Ja natürlich erwiderte ich, was denn sonst. Kopfschüttelnd sah sie mich an. Es ist immer noch meine Entscheidung, sagte sie mit Nachdruck. Ich wagte zu fragen in welchem Monat sie sich denn befinde. Anfangs des vierten Monats. Nun war ich aber sehr verblüfft. Was schon so weit? Warum hast du nicht mit mir darüber gesprochen? Frage mich nicht, das ist allein meine Sache. Oh, das saß!!!!!!!!

Wie soll es weitergehen? Wirst du den Vater deines Kindes heiraten, oder wie stellst du dir deine Zukunft vor?

Ich werde mein Kind tagsüber zu meiner Freundin geben. Die ist bereit mein Kind zu betreuen. Sie hat selbst eine kleine Tochter und ihr macht es nichts aus mein Kind mit zu betreuen. Ihr Mann ist auch einverstanden. Abends kann ich es dann holen und morgens wieder hinbringen. Selbstverständlich gegen eine kleine Bezahlung. Bis dahin habe ich meine Hotelfachschule beendet und ich verdiene dann nicht schlecht. Es wird vor allen Dingen für mich und das Kleine reichen. Mit der Arbeitsstelle geht das alles klar. Ich habe es bereits vor einer ganzen Zeit geregelt.

Es war wieder an mir zu staunen, wie umsichtig Franja geworden war. Nur fragte ich mich schon wieder, warum zählte sie so gar nicht mit mir?

Sie fuhr weiter fort, also heiraten werde ich nicht, dazu besteht für mich keine Veranlassung. Aber wagte ich einzuwenden, dein Kind braucht doch auch einen Vater. Es wäre schön gewesen, wenn es so hätte sein können...........

Aber, setzte ich wieder an, Ihr...Sie fiel mir ins Wort, lass es sein. Es wird so gemacht, wie ich es gesagt habe. Aber er muss doch für das Kind Alimente bezahlen zumindest oder versuchte ich es noch einmal. Nein, will ich nicht und muss er nicht. Und nun lass es gut sein. Sie schaute mich ihren großen Augen feindselig an. Was habe ich ihr nur getan, fragte ich mich erneut. Warum ist sie so voller Hass auf mich?

Sie blieb auch nur bis zum Nachmittag hier und verschwand dann wieder. Die ungeweinten Tränen schnürten mir die Kehle zu. Was habe ich bloß verbrochen. Mein geliebter Jonas tot, meine Tochter verloren, meine Freunde tot...........Meine Freunde......mein Herz fing an zu rasen, ich bekam keine Luft mehr. Ich stürzte ins Bad und ließ mir kaltes Wasser über meine Handgelenke laufen und versuchte gleichmäßig zu atmen. Nach einer ganzen Weile wurde ich ruhiger. Ein Satz ging mir immer wieder durch den Kopf. Es ist alles so sinnlos geworden.

Mirja und Micha haben mich eingeladen mit ihnen nach Las Playitas zu fahren. Das kleine Fischerdorf hat noch richtigen spanischen Charakter. Es ist von den Touristen noch nicht heimgesucht, aber wie lange noch? Das ist hier auf der Insel immer die Frage. Auf der Fahrt dahin freute ich mich auf den leckeren frischen Fisch, den wir hier immer serviert bekamen. Ich war auch sehr froh, dass die beiden sich um mich kümmerten. Die Niedergeschlagenheit über das Gespräch mit Franja machte sich immer noch breit.

Das Fischrestaurant war direkt am Atlantik gelegen. Auch ließ das wunderschöne Wetter zu, dass wir im Freien sitzen konnten. Das ist im Dezember nicht immer der Fall. Aber wir hatten eben Glück. Mirja konnte natürlich merken, dass ich sehr bedrückt war. Sei doch nicht so traurig Sanja meinte sie, davon wird Jonas auch nicht mehr lebendig, so schlimm es sich anhört. Das Leben geht weiter. Du musst jetzt nach vorne schauen. Wie Recht sie doch hatte, doch Trauer kann man nicht so einfach abschütteln. Plötzlich sagte sie etwas, was mich total irritierte. Sag mal Sanja, hast du gewusst, dass Jonas anscheinend doch etliche Kunden hatte, die er gemalt hat? Jonas, meinst du unseren Jonas, fragte ich blöd. Ja genau den, antwortete sie. Es sollen öfters Frauen aus und ein gegangen sein. Angeblich war auch irgend so ein junges Ding bei. Komisch dachte ich, davon weiß ich nichts. Aber es beschlich mich ein komisches Gefühl.

Als ich dann Mirja und Micha von dem Besuch von Franja und unserem Gespräch erzählte, schüttelten sie beide ungläubig die Köpfe. Das ist nicht mehr die Franja, die wir kennen, sagte selbst Micha. Ich weiß nicht, was zwischen uns getreten ist, sagte ich kleinlaut. Ich komme auch nicht mehr an sie ran. Sie erzählt nur soviel wie nötig und nicht mehr. Man könnte meinen, wenn es sich vermeiden ließe, würde sie schweigen. Ich habe den Eindruck sie hasst mich plötzlich. Aber Sanja wand Mirja ein, das kann doch nicht sein. Es kann nicht sein, aber es ist wohl so. Mirja bot sich dann noch an mit Franja zu sprechen doch ich lehnte dankend ab. Es würde vielleicht noch mehr zerbrechen.

# Franja

Ich bin froh, dass ich wieder in Rosario in meiner eigenen Bude bin. Ich kann die Anwesenheit meiner Mutter nicht mehr ertragen. Von mir aus hätten sie im Gefängnis bleiben können. Sie hat mir alles kaputt gemacht. Immer hab ich gedacht, sie hätte mich lieb und sie würde alles für mich tun. Aber das Gegenteil ist eingetreten. Sie hat mein Leben zerstört. Es ging ihr nur um sich selbst. Vergöttert habe ich sie. Sie war immer die Allerbeste, die Aller schönste und die toleranteste Mutter. Es war einmal. So fingen alle Märchen an....bei mir hörten sie so auf. Was sie mir angetan hat, kann ich ihr nie verzeihen, nie nie nie......

Hoffentlich beruhigt sich Paco wieder. Er kommt sich vor, als hätte er Oberwasser. Was bildet der sich nur ein. Es klang vor ein paar Tagen fast schon nach Erpressung. Das kann er mit mir nicht machen. Ich habe ihn zu recht gestutzt. Er wird es hoffentlich nicht noch einmal wagen mir zu drohen.

Niemand stellt sich mir in den Weg. Wehe dem, der es wagt. Auch meine Mutter soll sich vorsehen, sonst sonst sonst........

Wenn erst mal mein Baby da ist, will ich von den Allen sowieso nichts mehr wissen. Mein Baby, das dann nur mir, ganz allein mir, gehört.

Als es klingelt hatte ich sofort ein komisches Gefühl. Weil ich eigentlich niemand erwartete. Als ich öffnete stand Paco vor der Tür. Was willst du denn, fragte ich aggressiv. Das ist eine komische Frage von einer Freundin entgegnete er. Er schob mich beiseite und trat einfach ein. Wir müssen reden meine Schöne, sagte er. Wir haben nichts zu reden. Es ist alles gesagt, antwortete ich. Und was ist mit deiner Aussage, dass du in der einen Nacht bei mir warst? Also daher weht der Wind. Er meinte er hätte mich in der Hand, weil er mir einmal behilflich war.

Ich nahm ihm sofort den Wind aus den Segeln indem ich zu ihm sagte, du kannst ruhig zur Polizei gehen und ihnen sagen, dass du eine Falschaussage gemacht hast. Die freuen sich immer über solche wetterwendischen Typen wie du. Er erschrak. Anscheinend hatte ich den richtigen Ton getroffen. Ach und noch etwas, ich werde dann zu deinem Chef gehen und ihm berichten, dass du immer die Spirituosen, die für die Küche bestimmt waren, hast mitgehen lassen und sie in den Kneipen verhökert hast um deine Finanzen aufzubessern. Er packte mich am Hals und schüttelte mich. Das wirst du nicht tun du kleines Biest.

Ich werde nichts tun, solange du mir nicht wieder drohst, antwortete ich. Entschuldige, wollte er sich herausreden, das war doch alles nur ein Scherz. Ja dachte ich bei mir, ein schlechter Scherz.

Er versuchte sich wieder bei mir ein zu schmeicheln indem er mich zum Essen einladen wollte. Aber die Lust dazu ist mir gerade vergangen. Ich wusste jetzt, dass er mir unter Umständen gefährlich werden konnte. Er kannte zwar die Wahrheit nicht, als er mir seinerseits den Gefallen getan hat, mich als seine Freundin auszugeben. Und er kannte nicht die Wahrheit, weswegen er unbedingt bezeugen musste, dass ich die eine Nacht bei ihm war. Ich hoffe nur, dass er dies auch nie herausfinden würde. Man hatte ihn im Unklaren gelassen, weswegen man für mich überhaupt ein Alibi brauchte. Es wäre wichtig zu wissen, wo ich gewesen wäre, war die ganze Auskunft die man ihm seinerzeit gab. Er versuchte zwar bei mir zu bohren, aber ich erzählte ihm nur von dem großen Unbekannten, der mit seiner Frau nur Stress bekommen würde, wenn er erzählte, dass er mit mir die Nacht verbracht hätte. Nachdem ich ihm ja auch den Gefallen getan hatte von dem Spirituosenklau nichts zu erzählen, willigte er schnell ein. Er war froh jetzt auch etwas von mir zu wissen. Ach bekommst du von dem wohl auch das Kind? Du sagst es, erwiderte ich damals. Damit gab er sich zufrieden. Alle anderen Details, dass meine Mutter in Untersuchungshaft saß, etc. bekam er nicht mit. Na ja, der hellste war er nicht. Wie gut für mich.

## Mirja

Nachdem ich heute meinen Sprachkurs beendet hatte, kam mir der Gedanke noch etwas schwimmen zu gehen. Ich wusste, dass Sanja jetzt auch frei hatte. Also fuhr ich direkt bei ihr vorbei. Als ich durch das Gartentor ging, sah ich die Wohnzimmertür offen stehen, also war sie da. Ich rief ein paar mal. Aber sie gab keine Antwort. Kurzentschlossen ging ich hinein. Doch auch im Wohnzimmer war nichts von ihr zu sehen. Ich klopfte an die Badezimmertür, es rührte sich nichts. Dasselbe machte ich an der Schlafzimmertür. Als sich da auch nichts regte, öffnete ich einfach die Tür. Sanja lag angezogen quer über ihrem Bett. Auf einem kleinen Tisch neben ihrem Bett stand eine Flasche Wein und ein Glas. Oh weh, dachte ich das ist kein gutes Zeichen. Sie schlief, ihr Gesicht war hochrot und sie schwitzte stark. Irgendwie musste sie gemerkt haben, dass sie nicht mehr allein war, denn sie erwachte. Sie versuchte den Kopf zu heben. In dem Moment erbrach sie sich. Ich rannte in die Küche und schnappte das nächstbeste Gefäß, das ich sah und hielt es ihr unter den Kopf. Sie würgte und würgte. Ich hielt ihr die Stirn, in der Hoffnung, ihr ein bisschen Halt zu geben. Endlich ließ der Brechreiz nach. Ich trug das Gefäß weg und tränkte einen Waschlappen mit kaltem Wasser, den ich ihr auf die Stirn drückte. Sie fasste mich dankbar an meinen Arm und wollte anfangen sich zu entschuldigen. Pst, sagte ich. Sag nichts. Es wird alles wieder in Ordnung kommen. Bei näherem Hinsehen bemerkte ich, dass die Weinflasche noch halb voll war. Komisch dachte ich, dass sie sich davon so heftig erbrochen hatte. Sie bemerkte meinen Blick und sagte, dass war schon die zweite Flasche. Wenn es nicht so Ernst gewesen wäre, hätte ich lachen müssen, doch das war nicht angebracht. Ich wollte dich zum Schwimmen abholen, aber das wird ja wohl heute nichts. Sie schüttelte mit dem Kopf. Weißt du was, ich gehe jetzt zu Micha nach Hause und du schläfst erst mal. Später so gegen 20.00 Uhr komme ich dann noch mal vorbei und wir können einen Strandspaziergang machen. Das tut dir bestimmt gut und mir auch. Damit war sie einverstanden. Ich strich ihr nochmal übers Haar und sie lächelte. Bis dann Sanja, ich verließ das Haus.

Zu Hause erzählte ich Micha die Geschichte. Er schüttelte mit dem Kopf. Das ist nicht die Art von Sanja tagsüber zu trinken. Wenn überhaupt, dann hatte sie aller höchstens mal ein bis zwei Gläser getrunken und das abends. Ich mache mir auch Sorgen um sie. Wahrscheinlich verkraftet sie die ganze Geschichte doch nicht so gut.

Aber wie können wir ihr helfen. Es wäre nicht so schlimm für sie gewesen, wenn Franja zu ihr gehalten hätte. Aber aus unerklärlichen Gründen hatte sie sich abgewandt. Ich mach uns eine Kleinigkeit zu essen, sagte ich zu Micha. Mach nicht so viel, bekam ich zur Antwort. Also kochte ich ein Süppchen. Denn wir waren die reinsten Suppenkasper. Danach schnitt ich etliche Tomaten auf, würzte die Schnittflächen mit Salz und Pfeffer und legte diese in eine Pfanne, in die ich etwas Olivenöl gab. Dann schnitt ich noch ein paar Knoblauchzehen klein und gab sie mit in die Pfanne. Dazu gab es noch ein aufgebackenes Baguette und ein Glas trockenen Weißwein.

Wir redeten und redeten bei Tisch, kamen aber nicht wirklich weiter, wie man Sanja helfen könnte.

Ich fragte Micha, ob er auch mit wollte, einen Strandspaziergang machen, aber er meinte Sanja wäre es bestimmt peinlich, wenn er nach dem

Vorfall am Nachmittag dabei wäre. Immer taktvoll mein Micha. Das schätzte ich sehr an ihm.

Als ich Sanja abholte, gefiel sie mir schon besser. Sie hatte eine lange Hose und eine Strickjacke angezogen, denn zu dieser Jahreszeit ist es selbst hier am Abend etwas frisch.

Am Strand fing sie dann an zu reden.

Ich komme nicht klar damit, dass Jonas tot ist. Es ist das Schlimmste, was mir je widerfahren ist. Aber Sanja wandte ich ein, du hattest doch mit Jonas kein Verhältnis, geschweige denn was anderes. Es ist doch nicht so, als wäre er dein Partner gewesen. Aber ich habe ihn so sehr geliebt und immer gehofft, dass er endlich merkte, wie sehr ich ihn vergötterte. Es war ihr einfach nicht klar zu machen, dass ihre Liebe immer einseitig geblieben wäre. Sie machte einen völlig fanatischen Eindruck. So hatte ich sie noch nie erlebt.

Das Franja sich nun auch abgewandt hat ist zwar furchtbar, doch da hoffe ich, dass sich alles wieder einrenkt, meinte sie noch. Den Eindruck hatte ich zwar laut den Erzählungen nicht, aber ich wollte sie nicht noch mehr aufregen. Dann sagte sie, wie in Trance, einen Satz, der mich aufhorchen ließ, wenn doch nicht die Schuld mit Solveig und Bernhard wäre......Erst dachte ich, ich hätte mich verhört. Ich wollte noch mal nachfragen, was sie denn gemeint hätte, aber sie sagte, ich hätte sie wohl falsch verstanden.

Es war nichts mehr aus ihr herauszubekommen. Später als ich wieder zu Hause war, erzählte ich Micha von dem Vorfall. Er nahm das Ganze nicht ganz so ernst wie ich. Du weißt doch, dass sie am Nachmittag ziemlich betrunken war, vielleicht ist sie jetzt noch etwas verwirrt. Na ja, ich musst mich geschlagen geben. Aber ein merkwürdiges Gefühl blieb. Ich hätte nicht wirklich sagen können weshalb, aber es schien etwas zu geben wovon ich keine Ahnung hatte.

Die nächsten Tage waren richtig ausgefüllt mit Arbeit. Meine Sprachkurse waren sehr gut besucht. Fast waren es ein paar zu viel Teilnehmer. Es wurde dadurch stressig, denn man hatte nicht mehr für jeden Einzelnen die gleiche Zeit.

Micha stöhnte auch, dass er mit seinem Drehbuch nicht ganz so schnell voran kam. Er hatte sich vorgenommen bis Weihnachten damit fertig zu sein. Aber so wie es aussah, würde es sehr viel später werden, das Wetter spielte auch hier eine große Rolle. Micha war immer sehr kreativ, wenn er am Strand schreiben konnte. Natürlich nicht mitten unter den Leuten, aber etwas abseits in den Dünen oder an den Stellen, wo kaum einer hin kam. Doch in diesem Dezember spielte das Wetter etwas verrückt. So ganz ungewohnt für hier. So musste er öfter zu Hause schreiben. Das hob seine Laune auch nicht gerade. Er war eigentlich immer gut drauf. Aber zu dieser Zeit fing er an mürrisch und launisch zu werden. Ich muss sagen, dass ich darunter sehr litt. So kenne ich ihn nicht. Ich versuchte alles von ihm fernzuhalten, ihn aufzuheitern, doch je mehr ich mich bemühte, desto brummiger wurde er. Zum ersten Mal seit wir zusammen sind, war ich unzufrieden und teilweise unglücklich. Aber ich hoffte, dass sich dieser Zustand bald wieder ändern würde.

Als sich am kommenden Wochenende Franja bei uns anmeldete waren wir beide ratlos. Was sollte das denn werden. Sie sollte doch eher bei ihrer Mutter sein, wie bei uns. Ich war auch erst mal nicht imstande Sanja dies zu erzählen, wusste aber letztendlich, dass sie es eigentlich wissen müsste. Ich wollte nicht in einen Familienstreit rein gezogen werden. Doch wenn Franja mich und Micha brauchten, waren wir auch die Letzten, die ihre Hilfe verweigern würden. Sie war schließlich unsere Patentochter. In dieser Hinsicht waren wir sehr alt-modisch, wir nahmen dies sehr ernst.

So kam es, dass Franja bei uns am Freitagabend aufkreuzte und sich bis Sonntagnachmittag einquartierte.

Ihr Bäuchlein zeigte jetzt schon eine richtige Rundung an. Nun konnte es also wirklich jeder sehen. Sie machte einen ausgeglichenen Eindruck. Ich freute mich für sie. Micha stellte sich in die Küche und zauberte uns ein schönes Abendessen. Unterdessen erzählte sie mir, dass sie sich von Paco getrennt habe und sich vorgenommen habe ihr Kind allein groß zuziehen. Ich versuchte sie auch überhaupt nicht von etwas anderem überzeugen zu wollen, denn sonst würde sie bestimmt wieder mauern und gar nichts mehr erzählen. Sie redete immer weiter. Ich war echt überrascht, wie offen sie alles anging und wie erwachsen sie auf einmal wirkte. Sie bestätigte alles so wie es mir schon ihre Mutter erzählt hatte. Das Kind würde sie tagsüber bei ihrer Freundin lassen und abends würde sie es abholen. Im Grunde war da nichts einzuwenden. Nicht dass ich dies alles gutgeheißen hätte, aber es gab bestimmt auch viele andere Mütter, die nach diesem Prinzip ihr Kind großziehen mussten. Besser als ein Kind abzutreiben, nur weil man allein erziehend ist. Ich bot ihr auch jede Hilfe an, die sie eventuell brauchen würde. Sei es finanziell oder auch mal am Wochenende mit dem Kleinen zu uns zu kommen. Sie schien echt erleichtert, weil wir ihr nicht rein zu reden versuchten.

Als Micha uns das Essen dann servierte, hatten wir auch richtigen Hunger. Er hatte als Vorspeise Champignon in heißer Knoblauchsoße gemacht. Im Anschluss gab es dann Zicklein in Weißweinsoße und verschiedene Salate. Ein wirklicher Genuss. Nachdem Franja ihre Übelkeitsanfälle wie noch vor ein paar Wochen nicht mehr bekam wurde es ein schönes leckeres Abendessen, irgendwie fühlten wir uns alle richtig wohl. Bis zu diesem Moment als das Telefon klingelte. Sanja, durchfuhr es mich. Es war natürlich völlig absurd das zu denken. Denn es rufen aus unserem Bekanntenkreis auch etliche andere Menschen an. Aber wahrscheinlich war es ihr gegenüber doch das etwas schlechte Gewissen, weil ich ihr nichts von dem Besuch ihrer

Tochter erzählt hatte. Ich sollte mich nicht getäuscht haben.

Sanja fragte, was wir denn so machen würden. Sie hatte gedacht, ob wir gemeinsam denn mal zu Roberto, in die neu eröffnete Bar, gehen können und ein bisschen quatschen. Es wäre eine gute Idee gewesen, wenn.........ja, wenn Franja nicht hier gewesen wäre. Aber so musste ich eine Ausrede erfinden. Ob sie mir abgenommen hat, dass ich Kopfschmerzen ohne Ende hatte, weiß ich nicht. Ich weiß nur, dass ich eine miserable Lügnerin bin. Sie beendete daraufhin auch sehr schnell das Gespräch. Mir war in meiner Haut gar nicht richtig wohl. Aber ich hatte auch Franja gegenüber eine gewisse Verantwortung zu tragen. Wenn sie es einfach nicht wollte, dass ihre Mutter hier aufkreuzen würde, musste ich das akzeptieren.

Natürlich hätte ich zu gerne gewusst was sie ihrer Mutter wirklich vorwerfen könnte. Doch zu diesem Thema schwieg sie sich aus. Es wurde auch kein allzu langer Abend. Um 23.00 Uhr ging Franja ins Bett. Auch wir waren irgendwie von der Woche erschöpft und sanken mehr oder weniger ins Bett.

In der Nacht schreckte ich wieder ein mal hoch, weil ich wieder von Sanja, die mir als Wasserleiche erschien, träumte. Die ganze Zeit hatte ich jetzt Ruhe gehabt. Was sollte der blödsinnige Traum immer und immer wieder? Die nächste Stunde war es für mich erst einmal mit der Nachtruhe vorbei. Ich war durcheinander und konnte mich nicht beruhigen. Micha der mich sonst immer liebevoll getröstet hatte, war noch nicht einmal wach geworden. Das spiegelte die ganze Situation irgendwie wider. Manchmal schien es mir, als ob er mich plötzlich weniger lieb haben würde. Leider weiß ich aber noch nicht einmal, was dies ausgelöst haben könnte. War es der Stress, in dem er sich wegen seinem Drehbuch befand oder hatte er andere Sorgen von denen ich nichts wusste. Ich grübelte hin und her. Doch mit keinem Ergebnis. Auf einmal hörte ich vom Wohnzimmer ein polterndes Geräusch. Ich fuhr aus dem Bett und riss die Tür auf. Da stand Franja mit einem Brotmesser und fuchtelte wild durch die Gegend. Sie bedrohte einen für mich unsichtbaren Gegner. Micha der mittlerweile endlich auch wach geworden war ging auf sie zu und riss ihr entschlossen das Messer aus der Hand. Sie fuhr zusammen und ich hatte den Eindruck, wie wenn sie erst in diesem Moment richtig wach geworden wäre. Was ist los stammelte sie? Du hast schlecht geträumt, beruhigte ich sie. Kurzerhand bugsierte ich sie in ihr Bett und deckte sie zu. Schlaf weiter kleine Franja, sagte ich noch und streichelte ihr über den Kopf. Diese Geste musste etwas Beruhigendes

gehabt haben, denn sie schlief augenblicklich ein.

Als wir dann auch wieder im Bett lagen, dachte ich noch, sind wir denn jetzt alle verrückt geworden. Eine Antwort fand ich allerdings nicht.

Der Samstag weckte uns mit strahlendem Sonnenschein. Nach langer Zeit endlich mal wieder. Ich fühlte mich fit, obwohl wir eine unruhige Nacht hatten. Micha lag noch selig schlafend auf dem Rücken und schnarchte leise vor sich hin. Ich stand auf und begab mich unter die Dusche, schlüpfte in Shorts und zog ein leichtes Top an. Das Wetter erlaubte es mir heute. Als ich den Frühstückstisch deckte, musste ich trotz allem Elend in der Nacht lachen. Ich konnte keine Messer finden. Die musste wohl Micha noch in der Nacht weggeräumt haben.

Franja kam bleich und übernächtigt ins Wohnzimmer geschlichen. Hab ich heute Nacht Theater gemacht fragte sie? Ja, ein bisschen, erwiderte ich. Ich war unschlüssig, ob ich ihr von dem Messer erzählen sollte. Doch kurz darauf kam Micha, der sie natürlich darauf ansprach. Na meine Große, was war denn los. Wen wolltest du denn umbringen? Umbringen, sagte sie wie ein Papagei. Du hast ein Messer genommen und bist damit herum spaziert. Ach du lieber Gott, stöhnte sie, ich habe sie wohl nicht mehr alle.

Kein Kommentar. Wir versuchten es ein bisschen ins Lächerliche zu ziehen, aber es blieb ein komischer Nachgeschmack. Eine Frage blieb auch offen, was wäre gewesen, wenn ich nicht wach gewesen wäre?

So gut wie mir Franja am Vorabend gefallen hatte, so wenig gefiel sie mir heute. Sie schien nervös und sehr fahrig. Sie kam mir heute wie gehetzt vor. Was hatte die denn bloß? Das Frühstück schien ihr auch nicht richtig zu schmecken, denn sie aß nur ein halbes Brötchen und eine kleine Tasse Milch. Ich versuchte sie noch zu einem frisch gepressten Orangensaft zu überreden, aber hatte keinen Erfolg.

Als wir dann die so genannte Frühstückstafel aufhoben, stand dann plötzlich, wie aus dem Nichts, Sanja in der Tür. Ich weiß nicht mehr, wer sich mehr erschreckte, Franja oder ich. Hab ich es mir doch gedacht, dass irgendetwas nicht stimmt sagte sie. Franja sprang auf und ihr Stuhl kippte um. Sie rannte ins Gästezimmer, das wir ihr für ihren Aufenthalt hier überlassen hatten.

Setze dich Sanja.............Ich wollte noch etwas sagen, aber sie schrie direkt unbeherrscht los. Schöne Freunde seit Ihr. Hinter meinem Rücken quatscht Ihr über mich und seid nicht mal imstande mir zu sagen, dass meine Tochter hier ist. Sie ist meine Tochter, hörst du Mirja, meine! Natürlich ist sie deine Tochter, ich will sie auch gar nicht wegnehmen, erwiderte ich. Das tust du aber. Nein, tue ich nicht. Aber wir haben Franja gestern versprechen müssen dir nichts zu sagen. Das möchte ich von ihr selbst hören. Lass Sie in Ruhe, du hast doch eben selbst gesehen, wie sie fluchtartig das Zimmer verlassen hat. Nach diesen Worten musste Sanja passen. Denn darauf wusste sie keine Antwort. Es war einfach so.

Kurze Zeit später kam Franja wieder ins Wohnzimmer. Merke dir dass ein für alle Mal, sagt sie zu ihrer Mutter, du hast mein Leben kaputtgemacht, du hast es zerstört und alle Menschen die ich liebte. Sanja setzte an zu antworten, aber Franja fuhr ihr sofort wieder über den Mund. Sei ruhig, du verlogenes Biest. Du lügst doch, wenn du den Mund auf machst. Was war Micha und mir entgangen? Was meinte sie damit? Aber selbst Sanja war ratlos. Es schien als könnte sie mit diesen Worten genau so wenig anfangen wie wir. Wie meinst du das? Ich habe dir doch überhaupt nichts getan klagte sie noch. Halt dein verlogenes Maul. Du bist die größte Schlampe, die ich je erlebt habe, tobte Franja noch und rannte aus dem Haus.

Ratlos blieben wir drei zurück.

Micha dem es allmählich zu viel wurde fuhr Sanja an, geh doch endlich, du siehst doch was du angerichtet hast. Die wiederum wurde kreidebleich und verließ ohne auch nur ein Wort zu sagen das Haus.

Musste das jetzt auch noch sein, sagte ich zu Micha, konntest du deinen Mund nicht halten? Nein, das konnte ich nicht. Schließlich ist dies hier mein Haus und wenn mir dieses ganze Theater zu viel wird, dann werde ich doch Maßnahmen ergreifen dürfen. Sicherlich hatte er Recht. Nur die Art und Weise wie es eben geschehen war, fand ich nicht ganz so gut. Langsam hatte ich den Eindruck, dass diese ganze Geschichte und vor allen Dingen dieses darum und dran auch unsere Partnerschaft angegriffen hatte. So oft wie in den letzten Wochen hatten wir uns noch nie gefetzt. Micha meinte einfach wir hätten letztendlich doch nicht so viel damit zu tun, wie man versuchte uns damit hineinzuziehen.

Er hatte nicht unbedingt Unrecht. Aber was sollte ich machen, Sanja einfach ihrem Schicksal überlassen? Oder gar Franja keine Hilfe mehr gewähren. Nein, das konnte ich nicht. Sie waren meine Freunde und das soll auch in so genannten schlechten Zeiten so sein.

Ich bin nicht jemanden der nur ein so genannter Schönwetterfreund ist, ich kann mich auch in Schlechtwetterzeiten als wahrer Freund behaupten.

Als Franja nach geraumer Zeit wieder zurück kam, entschuldigte sie sich für ihr Benehmen. Ich fand zwar nach wie vor keine Erklärung für ihr Ausrasten, wollte aber keinen neuen Zündstoff liefern.

Nachdem das Wetter richtig schön geworden war, beschlossen wir an die Westküste zu laufen und uns da eine Weile auf die Klippen zu legen. Wir hatten diese schroffe Felsküste gerade zu diesen Zeiten, in denen der Urlaubsrummel langsam anfing lieb gewonnen. Da lief man nicht Gefahr ständig jemanden zu begegnen.

Micha der sich wieder beruhigt hatte, begann einen Rucksack zu packen. Franja, die ratlos dabeistand, fragte ob sie denn auch mitgehen könne. Fragend sah ich Micha an. Selbstverständlich murmelte er und nahm Franja in den Arm. Ist doch klar meine Große, Gott sei dank war das Eis gebrochen.

Wir könnten uns für heute Abend einen Tisch in Morro Jable bei Que Rico bestellen, wandte ich mich an Micha. Da er keinen Einwand erhob, ging ich zum Telefon und reservierte für uns.

Der Weg über Schotter und Sand war teilweise etwas beschwerlich. Doch spätestens, wenn man dann nach einer Stunde Fußmarsch die Küste erreicht hatte, war man der Meinung, dass es sich gelohnt hat. Das Meer war trotz des schönen Wetters wild und ungestüm. Wir breiteten die Matten aus und setzten uns drauf. Die Möwen kreisten über unseren Köpfen und etwas weiter weg sprangen ein paar Erdhörnchen herum. Die Idylle war fast perfekt.

Leider musste ich immer wieder an Sanja denken. Was machte sie jetzt wohl? Sie tat mir leid, weil sie so ausgegrenzt war. Doch was hätten wir anders machen können, wenn Franja sie nicht mehr ertragen konnte. Hoffentlich trank sie nicht wieder zu viel Alkohol. Sie hätte bestimmt auch Freude gehabt dabei zu sein. Wie oft waren wir alle zusammen hier gewesen. Solveig und Berhard, Sanja mit Franja, Micha und ich. Viele schöne Stunden hatten wir hier verbracht. Und nun so alles zu Ende sein? Die einen Freunde tot, die anderen zerstritten. Wehmut überfiel mich. Wie schlimm es doch kommen kann. Ich schielte zu Micha hinüber und fasste ihn an der Hand. Er verstand diese Geste. Er wusste, dass ich seinen Schutz brauchte. Er drückte leicht zu und sagte, es wird schon wieder. Danach ging es mir besser. Ein paar Worte von ihm und ich war bereit zu glauben, dass alles wieder ins Lot kommen würde. Franja saß mit überkreuzten Beinen da. Ihr Babybauch war gut zu sehen. Ich würde sie gerne fragen, ob denn alles in Ordnung wäre mit dem Baby und ob sie denn schon wüsste was es werden sollte. Aber es hielt mich etwas zurück. Nach diesem Ausfall von heute Morgen erschien es mir nicht angebracht. Es gab viele Tage an denen ich mir gewünscht habe Franja wäre meine Tochter. Ich habe Sanja oft genug darum beneidet.

Lange genug hatte ich versucht Micha davon zu überzeugen, dass es schön wäre Kinder zu haben. Doch ich biss jedes Mal auf Granit. Er hatte seine Kindheit in einem Elternhaus verbracht in dem nur Streit herrschte. Als seine Mutter nach einem Streit die Treppe hinunter fiel und sich das Genick brach, entschloss er als Vierzehnjähriger niemals Kinder in die Welt zu setzen. So etwas wollte er nie jemanden antun.

Als wir heirateten, hatte er mir klipp und klar gesagt, dass für ihn nur eine kinderlose Ehe in Frage komme. Es war also in dem Moment besprochen, indem ich eingewilligt hatte damit einverstanden zu sein. Natürlich war mir damals nicht bewusst, was es heißt keine Kinder haben zu dürfen. Rings um uns herum bekamen sie Babys. Wir prahlten damit oft zu reisen und deshalb keine Kinder brauchen zu können. Es war aber eine große Lebenslüge. Ich sehnte mich mehr und mehr danach auch Mutter sein zu dürfen. Nächtelang führten wir Gespräche, doch Micha blieb bei seinem Standpunkt. Ich konnte ihm natürlich nicht böse sein, denn ich hatte schließlich eingewilligt, damit einverstanden zu sein. Die Wende kam erst, als er mir vorschlug, mich von ihm zu trennen um vielleicht mit einem anderen Partner Kinder bekommen zu können. In diesem Moment wurde mir klar, dass ich dann lieber noch ohne Kinder leben wollte. Denn meine Liebe gehörte ihm. Trotzdem fiel es mir nicht leicht. Es gab Tage und Nächte, die mir den letzten Nerv raubten, weil ich einfach nicht wahrhaben wollte, was seine Kindheit mit unserer kinderlosen Ehe zu tun hatte. Wir stritten uns doch kaum, wir waren fair zueinander. Das alles waren doch ideale Voraussetzungen für ein Kind. Aber natürlich saßen die Ursachen bei Micha so tief verwurzelt, dass er solchen Argumenten nicht zuträglich war. Hilfe lehnte er ab. Ich konnte also nichts tun. Es kam sogar so weit, dass er sagte, wenn du schwanger wirst, weil du mich überrumpeln willst, werde ich mich von dir trennen. Nach diesen Sätzen gab ich die Hoffnung endgültig auf.

All das ging mir jetzt durch den Kopf. Diese Dinge lagen natürlich lange Zeit zurück. Wir hatten sehr viele gute Zeiten mit einander verlebt. Die Krisen hatten wir auch erfolgreich gemeistert. So viele gab es eigentlich noch nicht einmal. Es gibt nicht viele Gründe unglücklich zu sein, aber es gibt tausend Gründe glücklich zu sein, das war immer unsere Devise. Damit sind wir gut gefahren.

Franja riss mich aus meinen Überlegungen, indem sie fragte wie sie denn ihr Baby nennen sollte. So verbrachten wir einige Zeit über Namen des ungeborenen Kindes zu rätseln. Als sie dann Jonas vorschlug, verschlug es mir allerdings die Sprache. Sie merkte es sofort und meinte, das war natürlich ein Scherz. Ja, dachte ich aber ein Schlechter. Als die Sonne so gegen 16.00 Uhr hinter dem Felsen verschwand, begaben wir uns auf den Heimweg.

Zu Hause erwartete uns schon unsere unmittelbare Nachbarin. Gut, dass Ihr endlich da seid. Man hat Sanja ins Krankenhaus gebracht. Sie muss durch ihre Glastür gestürzt sein. Das ist die Strafe schrie Franja. Geh ins Haus und sei ruhig befahl ich ihr. Langsam wurde es mir auch zu bunt mit den ganzen Schuldzuweisungen.

Ich versuchte meine Nachbarin noch etwas auszufragen, aber sie wusste auch nicht mehr als dass man Sanja nach Morro Jable ins Klinikum gebracht hatte. Micha hatte inzwischen die Telefonnummer vom Klinikum heraus gesucht und versuchte etwas in Erfahrung zu bringen.

Doch natürlich durften sie am Telefon nicht sehr viel sagen. Wir müssen dahin, sagte er. Ich war froh, dass er dies sagte. Franja, die wie festgenagelt im Türrahmen stand, schüttelte mit dem Kopf, sagte ich nicht. Nein, sagte ich, du musst nicht mir, aber wir können dich direkt bei Que Rico absetzen. Wir haben dort einen Tisch bestellt. Das schien ihr einzuleuchten.

Auf der Fahrt ins Krankenhaus gingen mir viele Gedanken durch den Kopf. Vielleicht wäre es besser gewesen sich um Sanja zu kümmern, als sich an die Westküste zu legen. Es war doch vorauszusehen, dass sie sich in ihrem Zustand nicht zurechtfinden würde. Die letzten Tage hatten gezeigt wie labil sie im Moment war. Sie war schließlich lange in Untersuchungshaft gewesen. Das war nicht spurlos an ihr vorüber gegangen. Wir setzten Franja bei Que Rico ab und fuhren weiter ins Klinikum.

Der Dottore war mehr als besorgt. Sie war volltrunken, er machte eine Pause und ich bin mir nicht sicher, ob sie es nicht mit Absicht getan hat. Mit Absicht? Wie kann jemand mit Absicht durch eine Glastüre stürzen. Was soll das heißen? Ich denke, sie ist gefallen. Ja schon, aber es sieht so aus, als wenn sie mit voller Wucht dagegen gekracht wäre und dann ist da noch dieser Satz........Ich will nicht mehr, lasst mich doch einfach .......Nach diesem Satz fiel sie ins Koma. Er führte uns zu Sanja. Man hätte sie nicht erkennen können, wenn man uns nicht gesagt hätte, dass sie es ist. Der Kopf war eingebunden, die Arme einbandagiert und sie hing an diversen Schläuchen. Ich musste schlucken. Warum habe ich mich nicht um sie gekümmert? Wie konnte ich so sorglos sein. Die Tränen rannen mir übers Gesicht. Ich versuchte sie zu berühren. Oh Sanja vergib mir. Ich bildete mir ein sie würde blinzeln. Doch außer mir schien das keiner zu sehen. Wir tun was wir können, sagte der Doc. Normalerweise hätte sie nicht ins Koma fallen dürfen. Die Verletzungen sind zwar schlimm, aber nicht lebensgefährlich........Warum sie ins Koma gefallen ist, wissen wir nicht. Der Alkohol trägt selbstverständlich auch nicht dazu bei ...........er ließ den Satz unvollendet. Bitte gehen sie jetzt. Sie können morgen gerne nach ihr schauen. Wir müssen abwarten was die Nacht bringt. Wir hinterließen unsere Telefonnummer und unsere Handynummer. Micha musste mich stützen, als wir das Klinikum verließen. Mir war schwindlig und elend. Ich hatte meine Freundin im Stich gelassen. Bitte mach dir kein schlechtes Gewissen, sagte Micha. Du konntest nicht wissen was passieren würde. Ich hätte sie nach diesem dummen Streit mit ihrer Tochter nicht allein lassen dürfen. Es hilft aber jetzt nicht weiter, wenn du dich mit Selbstvorwürfen quälst.

Als wir bei Que Rico ankamen, machte sich Franja gerade über einen Eisbecher her. Anscheinend hatte sie den Nachtisch als Vorspeise genommen. Mir war überhaupt nicht nach Essen, aber Micha ließ keine Widerrede zu. Du darfst nicht schlapp machen. Du musst bei Kräften bleiben. Er hatte recht. Franja plapperte unbekümmert drauf los. Schön, dass ihr da seid. Jetzt wurde ich wütend. Sag mal interessiert es dich denn überhaupt nicht wie es deiner Mutter geht? Nein, war die Antwort, verschone mich. Ich hätte ihr eine klatschen können. Wie konnte sie so kalt sein. Musste man das noch verstehen?

Für mich gab es nur eine Kleinigkeit zu essen. Nämlich Räucherlachs-Kanapees angerichtet auf Salat mit Kapern und gekochtem Ei. Es war eine meiner Lieblingsspeisen hier im Lokal. Aber heute würgte ich nur herum. Ich hatte das Gefühl, dass mir jeder Bissen im Hals stecken bleiben würde. Micha schien es auch nicht viel besser zu gehen. Er kaute auf seinem Pfeffersteak herum als wäre es eine Schuhsohle. Die Einzige, die mit gutem Appetit aß, war Franja. Sie war lebhaft und gesprächig wie lange nicht mehr.

Was macht Ihr denn da? Plötzlich stand Diane an unserem Tisch, ihr Begleiter ging weiter. Was macht man hier, entgegnete Micha. Essen selbstverständlich, fügte er ergänzend hinzu. Neugierig schaute sie Franja an. Wahrscheinlich konnte sie nicht einordnen wer das Mädchen an unserem Tisch war. Entschuldige, sagte ich, ich muss mal eben meine Lippen nachziehen. Ich wollte heute nicht mit ihr reden. Ich ging an ihr vorbei in Richtung Toilette. Wenige Sekunden später stand sie auch da. Komisch, bemerkte sie, was habt Ihr denn mit der Geliebten von Jonas zu tun? Welcher Geliebten, fragte ich perplex. Die Kleine, die bei Euch am Tisch sitzt. Du meinst Franja. Ach, so heißt Sie? Wisst Ihr denn nicht, dass sie bei Jonas ein und ausging, dass sie jedes Wochenende bei ihm war. Blödsinn, du musst dich täuschen, erwiderte ich. Mein Gott, ich habe mein Strandhaus direkt neben seinem. Also was ich gesehen habe, hab ich gesehen. Ich hatte dir doch schon vor Wochen gesagt, dass ein blutjunges Ding auch unter seinen Geliebten war. Mann, muss der Qualitäten gehabt haben ........und eine Kondition, Junge, Junge!!!!!!!

Diese verdammte Klatschbase, dachte ich für mich. Aber wenn etwas dran ist? Was dann? Wenn die Wut, die Franja auf ihre Mutter empfindet, damit zu tun hat.

Wie froh war ich, als wir endlich aufbrachen um nach Hause zu gehen.

Später am Abend rief ich im Klinikum an um zu hören, ob es etwas Neues von Sanja geben würde. Aber ihr Zustand hatte sich nicht verändert. Mutlosigkeit machte sich in mir breit. Ich wünschte auch Franja würde endlich zu Bett gehen, damit ich Micha von dem Gespräch mit Diane erzählen könnte. Ich wollte erst mal seine Meinung hören, bevor ich Franja darauf ansprach. Es hatte die letzten Stunden Verwirrung genug gegeben.

Als sie dann endlich zu Bett gegangen war, überfiel ich Micha regelrecht mit diesem Tratsch von Diane. Er reagierte anders als erwartet. Er stand auf und goss uns ein Glas von unserem Lieblingswein ein, dann atmete er tief ein und sagte völlig unerwartet, denkbar wäre das schon. Ich musste ziemlich verdattert geguckt haben. Er ignorierte dies und fuhr fort, ich habe mich schon die ganze Zeit gefragt wie Franja zu diesem Kind gekommen ist. Denn sie selbst hatte immer gesagt, dass sie die Jungs in ihrem Alter nicht ausstehen kann. Das wusste schließlich jeder. Sie hatte immer betont, wenn es einen Richtigen für sie gebe, dann würde der wesentlich älter sein. Sie hatte doch schon immer diesen Vaterkomplex, nachdem ihr eigener Vater ihre Mutter in der Schwangerschaft hat sitzen lassen. Sie hat immer den Vater gesucht. So genau kann ich dir das nicht erklären, aber daher muss ihre Vorliebe zu älteren Männern herrühren.

Sollte Micha wirklich recht haben? Ein Gedanke traf mich wie ein Blitz. Sollte Sanja über das eventuelle Verhältnis Bescheid gewusst haben und vielleicht genau deshalb Jonas doch umgebracht haben? Ein Schauer überfiel mich. Was hast du Liebes? Mir kam nur gerade ein unschöner Gedanke, was wenn Sanja Jonas deswegen umgebracht hat. Sei nicht albern, Sanja hat doch ihr Alibi. Ich war mir nicht mehr so sicher, ob der plötzlich aufgetauchte Zeuge, der sie am Mordabend gesehen haben will auch echt war. Für Geld machen Menschen bekanntlich fast alles.

So langsam bekam man das Gefühl weglaufen zu wollen. Denn man hatte eigentlich nichts damit zu tun, aber man steckte doch mittendrin.

Nach einer unruhigen Nacht hatten wir uns beim Frühstück vorgenommen, Franja einfach danach zu fragen, wie gut sie Jonas gekannt hatte. Sie wechselte die Farbe, gab sich aber ziemlich beherrscht als sie sagte, dass sie ihn nur flüchtig kannte. Ihre Mutter hätte sie mal zu ihm mitgenommen um sie eventuell malen zu lassen. Es wäre aber dann doch nichts daraus geworden, weil Jonas gemeint hatte, sie wäre zu unruhig und zu flatterig um sie wirklich malen zu können. Selbst ihre Augen könnte man nicht auf einem Bild festhalten. Ich staunte, dass es doch viele Dinge anscheinend gab, die ich nicht wusste. Sanja hatte nie davon erzählt. Nicht dass ich immer alles wissen wollte, aber sie trug nun mal das Herz auf der Zunge und erzählte uns manchmal mehr als uns lieb war. Solveig sagte oft genug, wir haben nicht nur unsere eigenen Sorgen, wir tragen die von Sanja auch noch mit, weil sie immer alles erzählt. Aber ganz so schien es doch nicht zu stimmen.

Nachdem Franja offenbar zu diesem Thema nichts mehr sagen wollte oder konnte, wie auch immer, wechselten wir zu anderen Dingen über. Einen Vorstoß machte ich dann doch noch, indem ich fragte, ob sie denn am Nachmittag mit ins Klinikum zu ihrer Mutter wollte. Sie fauchte wie eine Katze. Lass mich mit ihr zufrieden. Ich hasse sie. Franja, du versündigst dich, wagte ich einzuwenden. Doch sie erstickte meine Worte im Keim. Hör auf damit. Für mich ist sie bereits gestorben. Ich erschauerte bis ins Innere. Selbst Micha zuckte zusammen. Hör zu sagte er, du darfst zu jeder Zeit zu uns kommen, aber nur unter der Voraussetzung, dass du dich zu benehmen weißt. Sie senkte den Kopf und verließ das Zimmer.

Wenig später kam sie mit ihren gepackten Klamotten und verabschiedete sich. Im Grunde tat sie mir leid, aber ich konnte auch nicht erlauben sich so über ihre Mutter zu äußern.

Sie versprach sich zu melden und auch bald wieder zu kommen. Der Zwiespalt in mir wurde immer größer. Ich konnte momentan nicht mehr einordnen, wer mich mehr brauchte, Sanja oder sie. Als sie gegangen war, war ich erst mal froh mit Micha alleine zu sein.

Am späten Nachmittag fuhren wir dann ins Klinikum. Doch alles schien unverändert. Der Doc gab uns ein paar Verhaltensmaßregeln. Sie müssen mit Ihr reden. Vielleicht hört sie es doch. Also bemühten wir uns sie leicht zu berühren und zu ihr zu sprechen, wie zu einem kleinen Kind. Aber es gab weder eine Reaktion noch sonst ein Zeichen. Die Besorgnis um sie wuchs ins Unermessliche. Was würde geschehen, wenn sie nicht bald aufwachen würde? Würde Sie dann bleibende Schäden davontragen? Fragen über Fragen tauchten plötzlich auf. Vielleicht sollte man eine Verlegung nach Deutschland organisieren, meinte Micha, vielleicht wäre die Versorgung besser. Ich wusste nichts darauf zu antworten.

Eine Stunde war bereits vergangen, wir überlegten, ob wir erst mal wieder gehen sollten, als Sanja etwas wie Schuld an Solveig und Bernhard murmelte . Man konnte sie kaum verstehen. Micha rannte aus dem Zimmer um einen Arzt oder eine Schwester zu holen. An die Klingel hatte er offenbar nicht gedacht. Sie wand sich plötzlich wild hin und her. Der Doc erschien in der Tür. Als er sah was vor sich ging, gab er schnell seine Anweisungen. Offenbar war sie aus ihrem Koma erwacht. Doch was sich in ihrem Inneren abspielte, gab Anlass zur Besorgnis. Sie schien sich für etwas fürchterliche Vorwürfe zu machen. Arme Sanja. Nachdem man ihr eine Beruhigungsspritze gegeben hatte wurde sie wesentlich ruhiger. Das hätten wir, sagte der Doc. Sie hat zumindest ihr Bewusstsein wieder erlangt. Jetzt soll sie sich erst mal gesund schlafen. Es stellte sich dann aber noch heraus, dass sie hohes Fieber hatte. Deswegen die Fantasien.

Etwas erleichtert verließen wir das Krankenhaus.

Wie gerne hätte ich Franja angerufen um ihr zu
sagen, das ihre Mutter zu sich gekommen wäre,
aber sie wollte es ja nicht wissen. Es tat mir so
leid für beide.

Das war also unser Wochenende gewesen. In ein
paar Tagen würde Weihnachten sein. Wie würde
es werden. Wir hatten den Heiligabend immer
zusammen verbracht. Reihum hatten wir gefeiert. Einmal bei uns, einmal bei Solveig und
Berhard und natürlich auch bei Sanja und Franja. Die Weihnachtstage selbst hatten wir uns
nicht gesehen um dann aber an Silvester wieder
gemeinsam was zu unternehmen. Vielleicht ist
dieses Miteinander in Fuerteventura an solchen
Tagen mehr gewachsen, wie es hätte in Deutschland wachsen können. Aber jetzt war alles ein-
gestürzt. Es würde nie mehr wieder uns in dieser
Gemeinschaft geben. Sentimental wollte ich
eigentlich jetzt nicht werden, aber ich kam auch
nicht dagegen an. Die Betroffenheit saß doch
recht tief. Der Schmerz bohrte fortwährend.

Die nächsten Tage vergingen zwischen Hoffen
und Bangen. Wenn ich zwischen meinen
Sprachkursen Zeit hatte, fuhr ich ins Klinikum.

Sanja war inzwischen zwar ansprechbar, aber sie schien auch ziemlich verwirrt. Der Doc bestätigte mir dies. Er erzählte, dass die Nachtschwester Nacht für Nacht Sanja etwas zu Beruhigung geben musste, weil sie anscheinend furchtbare Alpträume hatte. Ich habe den Verdacht, dass sie große Probleme und Sorgen hat. Sie muss wegen irgend etwas ein furchtbar schlechtes Gewissen haben, denn sie schreit jedes Mal im Traum ihre Schuld heraus. Was sollte ich darauf antworten? Ich konnte doch nicht eine Vermutung äußern, die sie sich dann doch nicht bewahrheiten würde. Somit konnte ich ihm auch nicht weiterhelfen. Ich erzählte ihm aber vom Tod unserer Freunde und von Jonas. So konnte er sich ein besseres Bild von der ganzen Belastung der letzten Wochen machen. Auch verschwieg ich ihm nicht, dass Sanja in Untersuchungshaft gesessen hatte. Ich hielt es für wichtig um Sanja helfen zu können. Wenn ich an ihrem Bett saß, sah sie stumm auf ihre Bettdecke. Bis auf wenige Ausnahmen, weinte sie vor sich hin. Sanja, versuchte ich sie zu trösten, es wird doch alles wieder gut. Doch sie schüttelte nur heftig mit dem Kopf und weinte noch mehr. Ich wusste mir bald auch keinen Rat mehr.

Warum habe ich das nur getan, sagte sie irgendwann. Was meinst du damit, fragend schaute ich sie an. Sie murmelte nur wieder Solveig und Bernhard. Sie hatte dies jetzt schon ein paar mal geäußert, konnte mir aber nicht erklären was sie damit meinte. Ich selbst kam auch auf keinen Gedanken, der ihr weiterhelfen könnte. Wenn sie endlich mehr von sich geben würde.

Ihre Wunden schienen gut zu verheilen. Was aber nach wie vor den Ärzten große Sorgen machte, war ihre merkwürdige Verfassung. Sie hatte keinen Lebenswillen mehr. Es wurde befürchtet, dass sie sehr stark Selbstmord gefährdet war. Warum um Himmelswillen hatte sie kein Vertrauen zu mir. Ich tat alles was ich nur tun konnte, doch sie hatte eine Mauer um sich gezogen. Wie sollte alles weitergehen. Wenn die Wunden verheilt waren, würde sie entlassen werden. Was dann? Sie wäre dann zwar äußerlich geheilt, aber was war mit ihrer Seele, die anscheinend sehr krank war. Würde sie sich weiterhin ambulant behandeln lassen oder würde sie weiter trinken und immer mehr in das dunkle Loch fallen.

Ich versuchte wenigstens sie dahingehend zu befragen. Gleichzeitig bot ich ihr unsere Hilfe an. Ich würde sie nicht mehr so allein lassen, wie ich es aus Unwissenheit getan hatte. Es war schwer mit anzusehen was aus ihr geworden war. Die einst rassige Sanja lag da wie ein Häufchen Elend. Ohne Mumm und Energie. Lieber Gott betete ich im Stillen, lass sie wieder die Alte werden.

Am Heiligabend in der Früh wurde sie entlassen. Ich holte sie ab und brachte sie selbstverständlich zu uns. Micha hatte von sich aus den Vorschlag gemacht. Ich war darüber sehr froh. Still saß sie dann auf dem Sofa im Wohnzimmer und starrte vor sich hin. Wir wollten sie etwa aufmuntern, aber sie zeigte einfach so gut wie keine Regung.

Sollen wir dir nachher von zu Hause ein paar Kleider, fragte ich Sie. Sie nickte nur und starrte weiter.

Das Ganze schien völlig kompliziert zu werden. Ich wusste auch keinen Rat mehr.

Micha verschwand in der Küche und ich beneidete ihn sehr darum. Normal war ich froh, wenn er kochte, aber heute hätte ich vieles darum gegeben, wenn ich selbst das Vergnügen gehabt hätte.

Als wir die Klamotten von ihrem Haus holten, war sie verblüfft, dass die Glastür bereits wieder repariert war. Micha hat alles veranlasst. Mach dir erst mal keine Sorgen, Sanja sagte ich und drückte ihren Arm. Dankbar sah sie mich an. Es war dann als wäre das Eis gebrochen. Als wäre sie aus ihrer Erstarrung erwacht. Nicht dass sie jetzt wie ein Wasserfall übersprudelte, aber sie redete zumindest und das würde es erleichtern.

Am Nachmittag konnte ich sie sogar überreden etwas am Strand spazieren zu gehen. Gerne hätte ich sie gefragt, ob Franja Jonas doch öfter gesehen hätte, ließ aber dann doch sein. Ich durfte sie erst mal nicht aufregen. Es ging schließlich nicht darum meine Neugier zu befriedigen. Die frische Luft schien ihr auch gut zu tun. Ihre Wangen nahmen Farbe an und ihre Augen leuchteten. Vielleicht wird doch noch alles gut dachte ich naiv. Es wäre einfach so schön, wenn alles wieder ins Lot kommen würde.

**Franja**

Von mir aus kann meine missratene Mutter im Krankenhaus bleiben. Es interessiert mich überhaupt nicht wie es ihr geht. Bin gespannt, wie mein Kind aussehen wird. Ob es ihm ähnlich sehen wird. Vor allem wären seine braunen Augen schön.

Unsere Liebe war sensationell. Wild und ungestüm. Es hätte immer so weitergehen können. Wir hätten vermutlich irgend wann geheiratet. Wir wären das Traumpaar schlechthin gewesen. Wenn diese impertinente Person nicht alles kaputt gemacht hätte. Was die sich eingebildet hat, mir einfach meinen Geliebten auszuspannen. Er war mein erster Mann gewesen. Meine Freundinnen hatten mich schon lange gehänselt, weil ich bis dahin immer noch Jungfrau war. Ich blöde Ziege hatte es mal erwähnt. Wie langweilig sagten sie. Doch er fand mich dann keinesfalls langweilig. Das erste Mal in seinem Schlafzimmer wurde ich fast verrückt. Kein Mensch, so dachte ich, hatte je so einen Liebesrausch erlebt. Ihm schien es aber genau so zu gehen. Ich wollte gar nicht mehr in meine Hotelfachschule nach Rosario zurück. Doch er drängte drauf. Er meinte die Woche würde schnell umgehen. Irgendwie musste ich ihm natürlich recht geben. Er nahm mir auch das Versprechen ab, erst mal mit niemanden darüber zu reden. Auch nicht mit deiner Mutter. Ich versprach es ihm. Wir wollen erst mal unser kleines Geheimnis für uns behalten. Später überraschen wir dann alle. Was glaubst du wie die dann staunen werden. Mit diesen Worten beschwichtigte er mich. Er wusste natürlich genau, dass ich die Freude hinaus schreien wollte. Ich wollte es jedem sagen, egal ob sie es wissen wollten oder nicht. Doch ich hielt mich an das Versprechen, das ich ihm geben musste. Jetzt ist es sinnlos geworden, es noch jemanden erzählen zu wollen.

Er war mein Abgott, was er sagte hatte Priorität, was er tat war richtig. Alle anderen Menschen waren doof. Nur er wusste über alles Bescheid. Nur seine Lebensform war spitze. Euch werde ich es allen zeigen dachte ich. Die anderen würden mich um ihn beneiden. Alle meine Freundinnen mit ihren grünen Jungs. Was wollen die denn mit denen. Die haben doch keine Ahnung. Wie kann man nur sich mit denen abgeben.

Das ist doch wie wenn man zerlaufenes Eis lutscht. Erst jetzt kam mir aber der Gedanke, dass die Freundinnen ihre grünen Jungs noch hatten im Gegensatz zu mir, die nun ihr Kind allein groß ziehen konnte.

Aber es ist natürlich nur ihre verdammte Schuld. Hätte sie die Finger von ihm gelassen, wäre alles anders gekommen. Sie soll leiden und büßen bis zum geht nicht mehr. Bis zum jüngsten Tag. Nie wieder werde ich ihr verzeihen. Wenn sie wenigstens so ehrlich gewesen wäre und mir die Wahrheit gesagt hätte. Aber nein sie musste so tun als ob es nichts zu sagen gegeben hätte. Er wollte mich natürlich schonen. Sicher dachte er, er könne alles wieder ins Reine bringen. Vermutlich hat sie ihn einfach verführt. Bestimmt wollte er das gar nicht. Willenlos wird sie ihn gemacht haben. Diese Schlampe, wie ich sie hasse. Zu so einem Wesen habe ich jahrelang Mutter gesagt. Das wird nie mehr geschehen. Wenn ich nicht solch eine Angst gehabt hätte, dass er abhängig von ihr war, vielleicht könnte er noch leben. Aber es wäre zu riskant gewesen. Ich wollte doch nicht Gefahr laufen ihn an sie zu verlieren. Jetzt hat ihn Keine mehr. Aber ich trage sein Kind in mir. Er wird weiterleben und nur mir gehören.

**Micha**

Im Grunde genommen bin ich dieses ganze Theater leid. Ich liebe meine Frau und möchte sie
für mich alleine haben. Aber dies scheint im
Moment ganz unmöglich zu sein. Jeden Tag ist
etwas anderes los. Sicher tut mir Sanja und
Franja leid, aber es kann doch auch nicht sein,
dass wir den ganzen Zirkus mitmachen müssen.
Wenn Weihnachten vorbei ist, werde ich Mirja
bitten, sich ein bisschen abzugrenzen, sonst wird
sie von irgendwelchen Dingen total aufgefres-
sen. Das möchte ich nicht. Ich überlege schon
die ganze Zeit, ob es sinnvoll wäre zu verreisen,
aber noch sitze ich über meinem Drehbuch und
es wäre unklug zu verreisen. Es würde nur eine
Verzögerung bringen. Doch es muss etwas geschehen, so darf es nicht weitergehen. Nie sind
wir mehr allein. Ständig ist jemand anwesend.
Ich mag zwar Gäste, aber nicht unbedingt über
Nacht. Die Ungezwungenheit ist weg. Das ist
nichts für mich. Hoffentlich wird alles wieder
normal.

Ehrlich gesagt verstehe ich Sanja auch nicht was
sie plötzlich hat. Sie war immer eine patente
Person. Sie sah auch sehr ansprechend aus. Nie

habe ich verstanden warum sie so hinter diesem abgehalfterten Maler her war, der sie nicht wollte. Sie hat das doch gar nicht nötig gehabt diesem Heini hinterher zu laufen.

Ehrlich gesagt habe ich auch Solveig nicht verstanden was auch die an Jonas gefunden hatte. Vielleicht hätte ich eine Frau sein müssen um das zu verstehen. Gott sei Dank war wenigstens Mirja bei Verstand geblieben. Ein paar Mal hatte ich sie echt im Verdacht etwas mit ihm angezettelt zu haben. Ich glaube ich hätte ihn umgebracht. Irgend jemand hat es tatsächlich getan. Wenn Bernhard nicht selbst zu dieser Zeit tödlich verunglückt wäre, hätte ich auf ihn getippt. Der hatte jedenfalls allen Grund auszuflippen. So wie es auch immer geheißen hat, hatte er anscheinend noch nicht mal einen Verdacht. Wie schön und friedlich, wenn man so naiv ist. Seine schöne blonde kühle Solveig, in der anscheinend ein Vulkan loderte.......... Wer hätte das gedacht. Aber nun waren sie beide tot, was ich sehr bedauerte, vor allen Dingen wegen Bernhard. Solveig war mir immer ein bisschen zu aalglatt gewesen. Was aber nicht heißt, dass ich sie nun gar nicht gemocht hätte.

Als die beiden Frauen von ihrem Strandspaziergang zurückkamen, sah es so aus, als wären sie bester Laune. Hoffentlich bleibt das so, dachte ich.

Der Abend verlief dann tatsächlich ruhig, was ja mittlerweile eine Seltenheit war.

Die allgemeine Spannung hatte sich etwas gelegt.

Aber irgendwann noch an diesem Abend wurde Sanja plötzlich wie aus heiterem Himmel wieder unruhig. Sie flüsterte mit Mirja. Ich merkte wie Mirja leise und beruhigend auf sie einredete. Doch anscheinend ohne großen Erfolg, denn kurze Zeit später standen die beiden Frauen auf und sagten sie wären gleich zurück. Sanja müsse zu Hause etwas nachschauen. Was für eine Geheimniskrämerei dachte ich noch für mich.

## Mirja

Eigentlich war ich ganz froh, dass Sanja Weihnachten bei uns verbrachte. So hatte ich sie im Visier und brauchte mir keine Sorgen zu machen. Es ging auch alles soweit ganz gut, bis ihr plötzlich einfiel, dass sie ihr Tagebuch eigentlich vermisste. Wie sie gerade zu diesem Zeitpunkt darauf kam, konnte ich mir nicht erklären. Also fuhren wir in ihr Haus. Sie stellte in wenigen Minuten das halbe Haus auf den Kopf um anschließend festzustellen, dass es weg war!

Klasse, dachte ich. Was soll das denn werden. Eine erwachsene Frau schreibt ein Tagebuch. Machen so etwas nicht die Teenies und warum sollte es jemand klauen. Was für ein ausgemachter Schwachsinn. So langsam zweifelte ich doch mich sehr getäuscht zu haben. Ich hatte immer geglaubt, dass sie mit beiden Beinen im Leben stünde. Da scheint aber was wichtiges in deinem Tagebuch zu stehen, fragte ich sie etwas genervt. Nun ja, sagte sie kleinlaut, ich habe da all meine Wünsche und Sehnsüchte in Bezug auf Jonas rein geschrieben. Wen soll das denn jetzt interessieren, fragte ich irritiert. Wer sollte das wichtig finden, wen du meinst zu lieben. Sie schüttelte mit dem Kopf. Vielleicht Franja, sagte sie dann. Franja sagte ich verdutzt. Was hat sie denn damit zu tun? Ich habe das komische Gefühl, dass ihr Hass auf mich daher kommt. Ich schluckte, aber das würde ja bedeuten, dass..... Ich wagte den Gedanken nicht zu Ende zu denken. Hat sie dir jemals von diesem Paco erzählt, fragte ich Sanja dann aber doch. Nein, antwortete sie. Es wäre doch ganz normal gewesen, wenn die eigene Tochter, die das erste Mal verliebt ist, von ihrem Freund erzählt hätte. Gewundert habe ich mich natürlich schon, aber ich war mit mir selbst so sehr beschäftigt gewesen und habe dann auch nicht mehr weiter nachgedacht.

Was hatte Diane erzählt, das ist doch die Kleine, die bei Jonas auch ein und aus ging. Was hatte das alles zu bedeuten. Was würde noch alles so ans Tageslicht kommen? War Franja Jonas Geliebte gewesen. Undenkbar! Solveig und Franja!

Das wurde mir echt zu kompliziert. Vor allen Dingen stellte sich nach wir vor die Frage, wer hat Jonas umgebracht?

Sanja meinte dann, Mirja hältst du es denn für möglich, dass Franja ein Verhältnis mit Jonas hatte? Ich konnte nur die Schultern hochziehen. Langsam weiß ich überhaupt nichts mehr. Du hättest besser mal Franja danach fragen sollen. Irgendwie wurde ich allmählich ärgerlich. Es war Heiligabend, Micha saß allein zu Hause und ich hatte nichts Besseres zu tun als mich mit den Problemen der anderen herumzuärgern.

Lass uns gehen, mahnte ich. Ich habe einen Mann zu Hause, der mich um sich haben will. Ja natürlich sagt sie. Auf dem Weg zu uns fing sie noch mal an. Ich glaube fest, dass Franja mein Tagebuch hat, deswegen ist sie so aufgebracht und ungerecht. Ob ungerecht das richtige Wort ist, wage ich auch zu bezweifeln, denn wenn ich denke, dass meine Mutter in den gleichen Mann verliebt ist, kann man kaum von ungerecht sprechen. Aber natürlich sah Sanja das von ihrer Seite. Sicher war auch, dass Jonas absolut nichts von ihr wollte. Das man dann aber als erwachsene Frau sich einem Tagebuch anvertraut und hineinschreibt wie sehr man diesen Mann liebt und dass man alles tun würde um ihn gefügig zu machen, hielt ich für etwas abartig.

Eines war klar, sollte tatsächlich Franja das Tagebuch haben, musste sie es völlig falsch verstanden haben. So wie Sanja mir erzählt hatte, muss sie es geschrieben haben als wären sie und

Jonas bereits ein Paar. Wunschdenken nennt man dies.

Ich wagte nicht auszudenken was die Kleine durchgemacht hat. Es muss für sie die Hölle gewesen sein. Sie tat mir erneut leid. Ihre Mutter, die nur mit ihrer eigenen unbefriedigten Leidenschaft beschäftigt war und es nicht für notwendig hielt sich um ihre Tochter zu kümmern.

Micha war den Rest des Abends sehr wortkarg. Er schien verärgert. Sanja wollte bald zu Bett gehen. Mir war es recht.

Ich erzählte ihm von dem Verdacht. Er rang um Fassung. Sind denn alle komplett verrückt geworden. Alles nur wegen diesem Mistkerl.

Wie immer behielt er dann aber den Überblick und sagte gelassen, morgen soll Sanja nach Hause gehen. Sie ist erwachsen und sie soll sich gefälligst zusammen nehmen. Sie braucht kein Kindermädchen. Wir werden zu Franja nach Rosario fahren. Ich glaube, dass sie uns jetzt mehr braucht wie ihre Mutter.

Im Bett kamen wir beide auch nicht zur Ruhe. Die halbe Nacht gingen wir alle Eventualitäten durch. Ist das Kind von Jonas? Was ist wenn der schlimmste Fall eintreten würde, wenn Franja Jonas umgebracht hätte? Was könnten wir für sie tun?

Am nächsten Morgen stellte Micha Sanja beim Frühstück vor vollendete Tatsachen. Du wirst nachher nach Hause gehen. Du wirst dich vernünftig verhalten und gefälligst keinen Mist mehr machen. Du hast jetzt genügend angerichtet. Wir werden zu deiner Tochter fahren und schauen in wie weit wir ihr helfen können. Sie schaute sehr verblüfft, wagte aber nicht einen Ton zu sagen.

Kurz darauf fuhren wir dann los. Ich hatte ein mulmiges Gefühl. Ich betete leise für mich hin. Lieber Gott, lass es nicht Franja getan haben. Ich wagte nicht auszudenken was es für sie bedeuten könnte.

Immer und immer wieder sagte ich mir dass die Polizei es bestimmt heraus gefunden hätte, wenn Franja etwas mit dem Mord zu tun gehabt hätte. Doch andererseits hatte man den Mörder noch nicht gefunden. Ich schwankte von Euphorie bis zur tiefsten Verzweiflung. Micha, der mir anmerkte, wie mies ich mich fühlte, mahnte mich zur Ruhe. Warte erst mal ab, was wir in zur Ruhe. Warte erst mal ab, was wir in Erfahrung bringen können, meinte er.

So lange war mir die Strecke bis Rosario noch nie vorgekommen. Als uns Franja die Tür öffnete, hätte man fast meinen können, sie hätte uns erwartet. Auf jeden Fall schien sie recht froh, dass wir da waren.

Nachdem wir uns gesetzt hatten, hatte sie es auch eilig den Grund für unseren unerwarteten Besuch zu erfahren. Es war etwas schwierig einen guten Anfang zu finden. Ich hatte Angst, wenn ich etwas Falsches sagen könnte, würde sie sofort dicht machen. Kurzentschlossen wagte ich sie zu fragen, ob sie das Tagebuch ihrer Mutter gelesen hätte. Sie nickte kurz und die Tränen schossen ihr übers Gesicht. Ich nahm sie in den Arm. Was musste sie mitgemacht haben? Es fiel mir schwer ihr zu erklären, dass ihre Mutter eigentlich nur das aufgeschrieben hatte was sie wollte, nicht was die Wirklichkeit war. Nämlich dass nie etwas zwischen ihr und Jonas gewesen war. Franja schluckte verzweifelt, sie versuchte zu antworten, aber es kam nur ein heiserer Laut über ihre Lippen. Nein, nein, das kann nicht sein. Fragend schauten wir sie an. Doch es ist so, du darfst es glauben, versuchte ich beruhigend auf sie einzureden. Doch es prallte an ihr ab. Aufgebracht schrie sie, warum hat meine Mutter denn so etwas geschrieben? Darauf konnte ich ihr auch keine vernünftige Antwort geben. Micha versuchte ihr zu übermitteln, dass das Wunschdenken ihrer Mutter wohl überdimensional gewesen sein musste. Sie schien zu überlegen und meinte dann, sollte ich ihr Unrecht getan haben? Ich fürchte ja, sagte ich zu ihr. Aber das könnte man sicherlich abwenden.

Dann schien ihr aber plötzlich die ganze Tragweite des Geschehens bewusst geworden sein. Wer aber war denn die andere Person, die für Jonas die Allergrößte war? Sie wurde sehr aufgeregt, weil sie merkte, dass dann die vermeintliche Wahrheit eine ganz andere war. Wir hatten Angst was wir noch alles erfahren würden.

Hast du irgendetwas mit dem Tod von Jonas zu tun Franja? Sie brach plötzlich zusammen. Micha konnte sie gerade noch aufhalten, sonst wäre sie zu Boden gestürzt. Behutsam packte er sie auf das Sofa. Ganz ruhig Franja, du darfst dich nicht so aufregen, denke an dein Kind.

Sie setzte sich auf und sagte mit monotoner Stimme, dass sie Jonas erstochen habe. Jetzt war es an uns zu schlucken. Wir hatten zwar in den letzten Stunden mit dem Gedanken gespielt, aber wenn man es dann wirklich bestätigt bekommt, ist es noch mal eine ganze andere Geschichte. Doch nun war es heraus. Sie schien selbst über ihre Offenheit verblüfft, denn sie hielt sich die Hand vor den Mund, wie wenn sie es dann rückgängig machen könnte. Wer war die andere Frau wegen der mich Jonas plötzlich nicht mehr wollte? Ich hatte die Frage befürchtet. Hör zu Franja, sagte ich, ich denke, dass es Solveig war. Solveig, schrie sie verblüfft. Was hatte denn die damit zu tun. Ich versuchte ihr schonend beizubringen, dass Solveig schon eine ganze Zeit ein Verhältnis mit Jonas hatte. Sie schien hin und her zu überlegen, aber hatte der die denn neben mir? Ich muss gestehen, dass ich mir mittlerweile die Frage auch gestellt hatte. Wahrscheinlich antwortete ich, jetzt wird mir alles klar.

Er war schon seit geraumer Zeit komisch geworden. Ich dachte, dass er aufgrund des Altersunterschiedes sich merkwürdig benahm. Denn als ich ihm gesagt habe, dass ich nach meiner Ausbildung zu ihm ziehen würde, kam er mit diesem Blödsinn daher. Wie wenn dies wichtig wäre. Er meinte, ich solle mich doch mehr in meiner Altersklasse umsehen, er sei doch viel zu alt für mich. Natürlich habe ich ihm widersprochen. Ich liebe dich, habe ich gesagt und ich werde dich niemals verlassen. Das er mir überhaupt einen solchen Vorschlag gemacht hatte, verwunderte mich. Denn ich hatte eigentlich den Eindruck, dass er verrückt nach mir wäre. Beruhige dich wieder sagte er dann aber auch. Ich habe es nicht so gemeint. Selbstverständlich bleiben wir zusammen. Aber irgend ein Stachel blieb in mir. Als ich dann merkte, dass ich schwanger bin, habe ich mich wahnsinnig gefreut. Jetzt kann uns nichts mehr trennen, so dachte ich. Wahrscheinlich würde er vor Freude überglücklich sein. Denn es wäre in seinem Leben das erste Kind. Micha zuckte ganz kurz zusammen, hatte sich aber gleich wieder in der Gewalt. Franja sprach weiter. Ich wollte natürlich den besten Zeitpunkt abwarten um diese freudige Mitteilung zu machen. Als ich dann an dem bewussten Tag bei ihm aufkreuzte war er gereizt und sehr nervös. Also mit der Tür ins Haus fallen war an dem Tag bestimmt nicht angebracht. Ich werde es ihm heute Nacht sagen wenn wir miteinander geschlafen haben. Das fand ich so richtig romantisch. Doch er wurde immer gereizter. Du solltest vielleicht nicht mehr jedes Wochenende mehr kommen, sagte er plötzlich. Ich habe zur Zeit etliche Probleme und die muss ich alleine lösen, meinte er. Schon wollte ich ansetzen, ihm doch jetzt schon zu sagen, dass ich ein Kind erwartete, aber dann klingelte sein Telefon. Als er auflegte, schien er wieder besser gelaunt. Hör zu Kleines sagte er, du musst jetzt gehen, ich erwarte jemanden, der sehr wichtig für mich ist. Enttäuscht wollte ich schon protestieren, doch er nahm mich in den Arm und sagte, du kannst morgen früh wieder kommen. Also musste ich passen. Hauptsache es würde zwischen uns alles gut werden. Ich sagte noch zu ihm, dass ich ihm morgen etwas ganz Schönes sagen müsste und verließ mit diesen Worten das Strandhaus.

Weil ich aber sehr durcheinander war und auch mit niemanden reden wollte, fuhr ich dann erst mal blindlings durch die Gegend. Tief im Innern spürte ich schon, dass Jonas mich nicht wirklich wollte, aber ich konnte es noch nicht realisieren. Es hätte zu weh getan. Je länger ich durch die Gegend fuhr, desto mehr wurde mir klar, dass ich nicht bis morgen warten konnte um ihm zu sagen, dass ich schwanger war. Ich würde noch etwas warten um dann vielleicht nach Mitternacht noch mal bei ihm vorbei zuschauen. Sicherlich war dann sein Besuch auch weg. Bestimmt freute er sich auch, wenn er die Nacht nicht ohne mich verbringen müsste. Also fuhr ich noch eine Weile umher, setzte mich auf einen kleinen Felsen nahe am Strand und überlegte wie ich es ihm am besten sagen konnte. Vermutlich würde er außer sich vor Freude sein, dachte ich für mich.

Als es kurz nach halb zwölf war fuhr ich dann zurück und war 20 Minuten nach zwölf wieder am Strandhaus.

Er öffnete mir die Tür und zog mich heftig rein. Oh dachte ich verdattert, der hat ja wirklich auf mich gewartet. Was willst du denn schon wieder, fuhr er mich stattdessen an. Ich wollte dich doch nicht die Nacht allein lassen, sagte ich lachend und versuchte mich in seinen Arm zu schmiegen. Doch er stieß mich weg und dann begann er Dinge zu sagen, die mich total verrückt werden ließen. Lass es dir ein für alle mal sagen, wir müssen das Ganze beenden. Ich begehre eine andere Frau, ich will mit dir nichts mehr zu tun haben. Du bist doch noch ein Küken. Ich wollte ihm sagen, dass das Küken ein Kind bekommen würde, brachte aber vor Schreck keinen Ton mehr über die Lippen. Es war eine schöne Zeit mit dir, fuhr er fort, aber jetzt ist Schluss. Wir hatten viel Spaß und haben uns amüsiert, aber das war es dann auch. Die Wut kochte in mir hoch, wir hatten viel Spaß, hatte er gesagt, der sollte seinen Spaß noch bekommen. Geh jetzt, fast heftig versuchte er mich zur Tür zu schieben. Fast wie in Trance hatte ich plötzlich das Obstmesser in der Hand, das seither neben dem Obstkorb gelegen hatte und stach blindlings zu. Immer und immer wieder. Das Blut spritzte nach allen Seiten. Schade um das wunderschöne Bild, dachte ich noch, dass jetzt auch über und über mit Blut bespritzt war. Ich lachte noch hysterisch, Mirja auf dem Bild mit blutigem Busen........

Dann rannte ich aus dem Haus und fuhr zu uns nach Hause. Meine Mutter schien noch abwesend zu sein. Sie hatte wohl in der heutigen Nacht mit mehr mir gerechnet, denn ihr Tagebuch lag auf dem Schreibtisch. Ich packte es ohne weiter nachzudenken zu meinen anderen Klamotten in den Rucksack. Im Bad säuberte ich mir die Hände und das Gesicht ganz mechanisch. Denken konnte ich immer noch nicht. Ich wollte nur schnell weg, sonst gar nichts.

Ich spurtete in mein Auto und verließ die Costa Calma und fuhr zurück nach Rosario. Noch immer war mir nicht bewusst, dass ich Jonas umgebracht hatte. Zitternd und der Erschöpfung nahe, kam ich nach ca. einer Stunde in Rosario an. Über eine dreiviertel Stunde stand ich dann unter der Dusche. Ich meinte das scheußliche Gefühl abwaschen zu können. Meine Haut war inzwischen aufgeweicht und mein Bauch pochte wie verrückt. Dies brachte mich zur Besinnung. In einem Badehandtuch eingewickelt legte ich mich mit Mutters Tagebuch aufs Bett. Was mich dazu veranlasst hat das Tagebuch einfach mitzunehmen, kann ich bis heute nicht sagen. Denn einen Verdacht diesbezüglich hatte ich eigentlich nie.

Deswegen traf mich die vermeintliche Erkenntnis, dass meine Mutter ein Verhältnis mit Jonas hatte wie ein Blitzschlag.

Mein Hass ging ins Unermessliche. Wie ich überhaupt die nächsten Tage umgebracht habe bis ich bei Euch aufgekreuzt bin, bringe ich nicht mehr zusammen. Als ich dann von der Verhaftung meiner Mutter wegen Mordverdacht hörte, wurde mir erst richtig bewusst, dass ich Jonas getötet hatte. Das wollte ich doch nicht. Ich war doch nur so furchtbar wütend und verletzt, weil er mich so offensichtlich verhöhnt hatte. Gleichzeitig breitete sich in mir eine Freude aus, weil meine Mutter jetzt ihre gerechte Strafe bekam, weil sie mir Jonas weggenommen hatte.

Nachdem Franja uns die ganze Wahrheit erzählt hatte, waren wir über all die schlimmen Ereignisse geschockt. Wir waren aber auch voll des Mitleids für sie, denn irgendwie war sie doch noch ein halbes Kind mit dem man ganz übel gespielt hatte. Das es natürlich dadurch zu einem Mord kam, akzeptierten wir natürlich nicht, aber wir würden sie auch nicht verstoßen, sondern ihr beistehen.

Du musst dich der Polizei stellen, sagte Micha nach einer geraumen Zeit. Früher oder später kommen sie sowieso darauf. Du hast bessere Chancen, wenn du dich selbst stellst.

Sie schluckte...und was wird mit meinem Baby?

Erst glaubte ich, ich hätte mich verhört, dann aber sah ich in Michas Gesicht als er sagte, Mirja und ich werden dein Kind großziehen und ich sah, dass er es Ernst meinte. Mein Micha, der absolut keine Kinder wollte. Würdet ihr das wirklich für mich tun, fragte Franja zweifelnd nach. Ja, antworteten wir beide. Wir wussten zwar nicht wie die Rechtslage sein würde, aber wir wussten, dass wir alles daran setzen würden um dies möglich zu machen.

Franja wusste auch das es besser war sich unmittelbar zu stellen. Denn es kann wirklich nur eine Frage der Zeit sein bis sie endgültig auf sie als Täterin kamen.

Sie packte ein paar Sachen zusammen und erläuterte uns noch die Dinge, die sie für wichtig hielt. In der kleinen möblierten Wohnung in der sie bis jetzt lebte hatte sie wenig persönliche Dinge. Also stellte es kein großes Problem dar sie zur weiteren Vermietung freizugeben.

Schweren Herzens fuhren wir sie zur nächsten Dienststelle der Policia Civil. Die würden dann alles Weitere in die Wege leiten. Wir brachten sie noch ins Gebäude, warteten bis sie einem Beamten den Mord gestanden hatte. Im Gesicht dessen breitete sich erst Unglauben und dann Entsetzen aus. So etwas passiert wahrscheinlich auch hier nicht jeden Tag, dass ein junges Mädchen einen Mord gesteht. Für uns war es nun Zeit Abschied zu nehmen. Ich drückte sie noch einmal, drehte mich dann schnell um und rannte fast aus dem Gebäude. Micha kam kurz hinterher. Es machte mir ganz schön zu schaffen, dass wir sie nun so schutzlos zurücklassen mussten.

## Sanja

Nun scheinen Mirja und Micha auch verärgert zu sein. Es sieht so aus als ob ich keinen Menschen mehr hätte. Ich kann es gar nicht fassen, dass sie plötzlich nicht mehr auf meiner Seite stehen. Sie waren doch immer so besorgt um mich gewesen. Was habe ich denn nur verkehrt gemacht? Sie können mir doch nicht übel nehmen, dass ich Tagebuch geführt habe. Dass Franja überhaupt so respektlos war in mein Tagebuch zu schauen und es auch noch mitzunehmen ist auch nicht die feine Art. Hätte sie dies nicht getan, wäre auch niemals so ein Missverständnis aufgekommen, dass ich ein Verhältnis zu Jonas hätte. Oh wäre es doch so gewesen..............

Nun tun alle plötzlich so, als wäre alles meine Schuld. Ich habe zwar Schuld auf mich geladen, aber die war ganz anderer Art und von der wusste keiner. Es war die Schuld, die mich fast in den Wahnsinn trieb. Sie ließ mich kaum mehr schlafen. Könnte ich das Ganze rückgängig machen!

Wie soll ich es nur anstellen, dass sich wenigstens Mirja mir wieder zuwendet. Ich brauche doch dringend Freunde. Ich habe langsam das Gefühl ich könne ohne sie gar nicht existieren. Sie ist doch auch diejenige, die verständnisvoll und mitfühlend ist. Aber irgendwie habe ich auch den Eindruck, dass sie mir gegenüber die letzte Zeit sehr kritisch geworden war aus welchen Gründen auch immer.

Ich ertrank fast in Selbstmitleid. Alle anderen hatten Schuld. Ich selbst war doch nur eine arme missverstandene Frau. Was hatte ich nur falsch gemacht, dass Jonas mich nicht gewollt hat?

Eigentlich war es jetzt allerhöchste Zeit arbeiten zu gehen, doch ich fühlte mich mutlos und ausgebrannt. Ich müsste froh sein, dass ich überhaupt nach meinem „Glastürenunfall" meine Arbeitsstelle nicht verloren hatte. Aber auch dieses Wissen half mir nicht wirklich weiter. Es fiel mir unendlich schwer los zu kommen.

Als ich dann hinter dem Tresen stand ging es mir allerdings gleich besser. Ich war abgelenkt und all die trüben Gedanken hatten keinen Platz.

Doch spät abends als ich nach Hause kam, holte mich das Elend wieder ein. Ich öffnete eine Flasche Rotwein. Zur Zeit hatte ich es mir zur Gewohnheit gemacht jeden Tag eine Flasche davon zu trinken. Es half mir mein schlechtes Gewissen zu beruhigen.

Gerade als ich davon trinken wollte, klingelte es. Erst wollte ich nicht öffnen, denn so spät brauchte ich keinen Besuch, überlegte es mir dann aber doch anders.

Mirja stand vor der Tür. Ich ließ sie rein und freute mich sie zu sehen. Doch diese Freude schien sehr einseitig. Franja ist in Untersuchungshaft gekommen. Sie hat Jonas umgebracht, sagte sie monoton. Ich schrie aus Leibeskräften. Nachdem ich nicht aufhören konnte, schlug sie mir mit der flachen Hand auf die Backe. Es tat nicht sehr weh, aber ich hörte auf zu schreien.

Warum hat sie das getan? Warum?

Frag dich doch mal selbst fuhr Mirja mich an. Sie bekommt ein Kind von ihm und du, ihre eigene Mutter, bist wie der Teufel hinter ihm her. Aber Mirja wollte ich mich rechtfertigen, dass wusste ich doch alles nicht. Ich bin nicht hier um über dich zu richten, sondern will dir nur Bescheid sagen. Mit diesen Worten verließ Mirja das Haus.

Zuerst wollte ich ihr nachlaufen, ließ es aber dann doch sein. Ich hatte auf der ganzen Linie verloren. Niemand wollte mir Gehör schenken, noch sonst etwas.

Ich leerte mein Weinglas und goss erneut ein um es wie das erste Glas hinunter zu schütten. Immer und immer wieder, bis die Flasche leer war. Die Wände kamen auf mich zu, drohend und wankend. Als ich mich über mein Bett schmiss, heult ich laut vor mich hin. Doch es hörte mich keiner, wie immer.

## Mirja

Micha und ich sind überein gekommen, gleich die nächsten Tage alles in die Wege zu leiten. Letztendlich hatten wir keine Ahnung wie das alles funktionieren würde. Doch wir waren entschlossen unser Versprechen Franja gegenüber wahr zu machen. Zuerst gab es zu klären, ob wir eine Chance hätten das Kind zu adoptieren. Oder es zumindest so lange zu betreuen bis Franja wieder aus dem Gefängnis raus kommen würde. Natürlich hatten wir auch noch keine Ahnung wie lange sie überhaupt im Gefängnis sein müsste. Zuerst würden wir ihr einen Verteidiger besorgen.

Am nächsten Tag kümmerten wir uns dementsprechend und waren zumindest für den Augenblick zufrieden.

Kurzentschlossen buchten wir dann einen Flug nach Deutschland, denn all die Fragen wollten wir mit unserem Anwalt besprechen. Es war uns auch nicht ganz klar, ob Franja eventuell ihre Strafe würde in Deutschland absitzen müssen.

Unter anderen Umständen wäre es sicherlich schön gewesen mal wieder in Essen zu sein. Doch die richtige Freude wollte absolut nicht aufkommen. Als wir in Düsseldorf landeten kamen wir in ein Schneetreiben. Die Landung war nicht besonders sanft. Wir fuhren mit einem Mietwagen in unsere Wohnung, die wir immer behalten hatten und die eine gute Bekannte von Zeit zu Zeit sauber machte.

Öfters hatten wir mit dem Gedanken gespielt die riesige Wohnung, die sich über zwei Ebenen aufteilte, zu verkaufen. Aber immer wieder waren Zeiten dazwischen, in denen wir nicht wussten, ob wir wirklich für immer in Fuerteventura bleiben wollten. So war es gekommen, dass wir immer eine Zuflucht hatten, wenn wir in Deutschland weilten.

Noch am gleichen Abend riefen wir unseren Anwalt an mit dem wir auch privat befreundet waren. Er erklärte sich auch bereit gleich am nächsten Tag zu uns zu kommen.

Als er dann am frühen Abend des anderen Tages bei uns eintraf wussten wir nicht an welcher Stelle wir anfangen sollten ihm die ganze Geschichte zu erzählen.

Franco, der wie gebannt unserer Geschichte lauschte, schüttelte nur ein paar Mal mit dem Kopf. Das hört sich an wie ein schlechter Krimi. Ja, konnte ich nur erwidern, leider!

Er hatte vor Ort die nächsten Tage ein paar Dinge zu klären.

Später saßen wir noch gemütlich beisammen und tranken eine Flasche Wein und klönten von den guten alten Zeiten. Franco fragte uns unvermittelt, wollt ihr denn für immer und ewig auf Fuerte leben? Darauf konnte zumindest ich keine Antwort geben. Selbst Micha schüttelte heftig mit dem Kopf und meinte dann, also ich weiß nicht, seit wir hier in unserer Wohnung sind, habe ich das starke Gefühl hierher zu gehören. Ich finde auch, dass man die unterschiedlichen Jahreszeiten spüren muss. Immer öfters geht mir das ewig schöne Wetter auf den Geist. Nun war es an mir zu schlucken. Ja, ich musste ihm recht geben. Mir ging es oft genug so. Ich selbst brauchte den Wechsel von warm und kalt. Doch jetzt eine Prognose abzugeben war natürlich nicht einfach. Ich schaute Franco an und sagte zu ihm, weißt du immer öfter habe ich das Gefühl, dass wir nicht auf Dauer dort bleiben werden, aber lass uns in der jetzigen Situation nichts beschwören. Ich glaube er verstand mich sehr gut.

Später am Abend kam noch ein Anruf von Sanja, die wieder mehr lallte als sie redete. Sie bemühte sich zwar deutlich zu sprechen, aber je mehr sie sich anstrengte, desto mehr verhaspelte sie sich. Sie fing wieder an unklare Angaben zu machen. Von wegen große Schuld und so. Aber dieses Thema hatten wir mittlerweile schon oft. Auf Nachfrage von mir was sie damit meinte druckste sie nur wieder herum wie immer. Ich versuchte sie etwas zu beruhigen. Ob es mir gelang konnte ich nicht einordnen. Ich versprach ihr auch gleich nach unserer Rückkehr sie zu besuchen. Dadurch gelang es mir ihren Jammer etwas zu bremsen. Es war mit ihr sehr schwierig geworden umzugehen, seit ich die volle Wahrheit über Franja wusste. Insgeheim gab ich ihr auch einen großen Teil Schuld, dass alles so kommen musste. Für mich hatte sie als Mutter versagt. Sicherlich kann man sagen, dass ihre Tochter erwachsen war mit ihren achtzehn Jahren. Aber war sie es wirklich gewesen? Ich glaube nicht. Wenn Sanja nicht so sehr nur mit sich selbst beschäftigt gewesen wäre, hätte sie merken müssen, dass Franja in die unglückselige Geschichte verwickelt war. Selbstverständlich konnte ich das alles nicht zu ihr sagen. Es stand mir auch nicht zu. Aber tief im Innern war dies meine Überzeugung. In den nächsten Tagen genossen wir unsere alte Heimat. Wir besuchten Freunde, gingen bummeln und wir konnten endlich auch mal wieder ein Musical besuchen. Solche Dinge fehlten uns schon. Mal ganz einfach ins Kino zu gehen oder in ein Konzert etc.. Das Thema Deutschland wurde urplötzlich zum Mittelpunkt. Denn selbst unsere Freunde merkten, wie gerne wir wieder hier waren. Doch wie gesagt es war noch nicht der Zeitpunkt gekommen um sich festzulegen.

Franco war inzwischen nach Fuerte geflogen. Eigentlich hatte ich gedacht, er würde uns mal telefonisch unterrichten, wie der Stand ist, aber leider war das nicht der Fall. So blieb erst mal nichts anders zu tun als abzuwarten.

Dann überschlugen sich die Ereignisse. Wir bekamen vom Klinikum Essen einen Anruf, dass wir doch bitte so schnell wie möglich Kontakt mit ihnen aufnehmen sollten, eine gewisse Franja Fragante sei bei ihnen heute stationär aufgenommen worden. Ich wollte noch nachfragen, aber am Telefon wollten sie mir keine Auskunft geben. Ich geriet fast wieder mal wie so oft in letzter Zeit in Panik. Micha versuchte mich zu beruhigen, aber natürlich gelang es ihm nicht.

Wir wollten gerade aus dem Haus als Franco kam. Er brauchte nur in unsere Gesichter zu schauen um zu wissen, dass wir Bescheid wussten. Macht euch keinen Kopf, sie ist in den besten Händen. Was ist passiert, fragte ich genervt. Bitte sage uns, was los ist. Ich bekam die Erlaubnis mit Franja zu reden, aber da ging es ihr schon nicht mehr gut. Sie hatte reichlich dicke Beine und ihr war furchtbar übel. Am gleichen Tag wurde sie noch ins Krankenhaus gebracht. Doch irgendwie konnten sie ihr nicht richtig helfen, beziehungsweise keine eindeutige Diagnose stellen. In der Nacht musste sich dann wohl alles dramatisch zugespitzt haben. Ich habe alles mögliche getan, dass Sie hierher geflogen wurde.

Es besteht bei Franja letztendlich keine Fluchtgefahr, sonst wäre es nicht möglich gewesen sie hierher zu holen.

Wir beendeten das Gespräch und verabredeten uns für später, denn jetzt wollten wir erst mal ins Krankenhaus um zu sehen was überhaupt los war.

Dort angekommen, fragten wir uns durch. Bald waren wir an der richtigen Stelle. Doktor Fritsch, der mit dem Fall von Franja bestens vertraut war, erklärte uns erst einmal um was es ging.

Frau Fragante hat mit hoher Wahrscheinlichkeit eine Schwangerschaftsvergiftung. Momentan herrscht wirklich Lebensgefahr für Mutter und Kind. Ich schluchzte laut auf. Es tat mir alles so leid. Hatte Franja noch nicht genug mitgemacht. Musste das jetzt auch noch sein. Sie war noch viel zu jung um dies alles zu verkraften. Dr. Fritsch schaute mich etwas irritiert an, tut mir leid, sagte ich, mir sind eben die Nerven durchgegangen. Machen sie sich erst mal keine Sorgen, wir tun wirklich was wir können. Vielleicht aber können sie mir helfen die Lage etwas zu klären. Selbstverständlich tun wir alles was in unserer Macht steht. Gut, sagte er. Hat Frau Fragante denn die letzte Zeit über besondere Übelkeit geklagt? Zuletzt eigentlich weniger antwortete ich, aber vor einiger Zeit hat sie sehr oft gebrochen. Nun man muss erst mal auseinander halten ob dieses Erbrechen am Anfang der Schwangerschaft auftrat oder erst später. Dazu konnte ich natürlich nicht allzu viel sagen, denn als wir über die Schwangerschaft Bescheid wussten bestand diese schon eine ganze Weile.

Wie es zu Anfang gewesen war entzog sich meiner Kenntnis. Na, ja so kommen wir auch nicht wirklich weiter, meinte er. Ich hoffe, dass ich Frau Fragante, wenn es ihr ein bisschen besser geht, selbst fragen kann. Mir macht ihr Gesamtzustand sehr große Sorgen. Für eine junge Mutti kommt sie mir sehr depressiv vor, aber es sind natürlich auch die Umstände unter denen sie hier ist. So konnte man das sagen. Arme Franja, betrogen und verhöhnt vom Geliebten, enttäuscht von ihrer Mutter und dann im Affekt zur Mörderin geworden, wer würde da nicht depressiv werden.

Er begleitete uns dann noch bis zu Franjas Zimmer und erlaubte uns sie für eine Weile zu besuchen mit der Bitte uns später noch mal bei ihm rein zuschauen und Bericht zu erstatten.

Franja lag im hochrot im Kissen. Sie sah sehr komisch aus. Irgendwie entstellt. Als sie uns sah huschte ein Lächeln über ihr Gesicht. Man konnte ihr ansehen, dass sie sich freute. Sie war an eine Infusion angeschlossen. Sie steckte mir die andere Hand entgegen. Hallo Franja, sagte ich und drückte leicht ihre Hand, es wird alles gut. Tränen liefen ihr über die Wangen. Ich drückte ihr ein leichtes Küsschen auf die Stirn. Es machte keinen Unterschied mehr ob sie Sanjas Tochter war oder ob sie meine gewesen wäre.

Schön dass ihr da seid hauchte, sie matt. Mir ist furchtbar übel und ich habe immer wieder so wellenförmige Krämpfe. Mir war sofort klar, dass die Krämpfe so etwas wie Wehen sein mussten. Es wird bestimmt alles gut werden, sagte ich zu ihr, aber richtig glauben konnte ich es selbst nicht. Nichts war in letzter Zeit gut geworden. Alles lief irgendwie schief.

Eine Krankenschwester, die ins Zimmer gekommen war, fühlte Franjas Puls und kontrollierte die Temperatur. Sie schüttelte mit dem Kopf und holte den uns schon bekannten Arzt.

Er bat uns für kurze Zeit das Zimmer zu verlassen. Wir machten uns große Sorgen um Franja. Es schien weitaus bedenklicher wie wir anfangs dachten.

Nach geraumer Zeit kam der Arzt aus dem Zimmer. Bitte kommen sie mit. Wir folgten ihm ins Ärztezimmer. Er bat uns Platz zu nehmen.

Was soll ich sagen, leitete er das Gespräch ein. Frau Fragante haben wir jetzt an den Wehenschreiber angeschlossen. Der Verdacht auf eine

Schwangerschaftsvergiftung verdichtet sich immer mehr. Die Nieren arbeiten nicht mehr richtig. Ich fürchte wir müssen das Kind in den nächsten paar Stunden holen, wenn kein Wunder geschieht. Aber ist es denn schon lebensfähig, fragte ich mutlos. Ja, lebensfähig wird es wohl sein. Sie ist anfangs sechster Monat. Es muss natürlich sofort in den Brutkasten. Aber mehr Sorgen bereitet mir der schlechte Zustand der Mutter. Sie ist schon sehr schwach und natürlich schwächt das Fieber ihren Körper zusätzlich. Wenn sie ein paar Tage früher hier gewesen wäre, hätten wir sie etwas aufpäppeln können. Aber so ist ihr Körper schon sehr geschwächt und viel Zeit bleibt uns jetzt auch nicht mehr in zu stärken. Ich hätte schreien können über die Worte des Arztes. Es war in letzter Zeit so viel Unglück geschehen, aber dies erschien mir jedoch am Schlimmsten.

Der Arzt fuhr fort uns zu fragen, ob wir denn damit einverstanden wären, das Kind per Kaiserschnitt zu holen. Natürlich mit dem Einverständnis von Franja. Ja sicher, sagte Micha, aber es muss die Entscheidung von Franja bleiben. Sie ist volljährig und wir können sie nur beraten, mehr aber auch nicht. Selbstverständlich ließ Dr. Fritsch vernehmen, wird ihre Meinung dazu maßgebend sein. Mit diesen Worten verließ er uns. Eine Schwester kam zu uns und fragte, ob sie uns einen Kaffee bringen solle. Wir nahmen dankbar an. Es war eine Weile vergangen als Dr. Fritsch wieder das Zimmer betrat. So, sagte er, ich habe mit Frau Fragante gesprochen. Sie ist mit einem Kaiserschnitt einverstanden. Es geht ihr ziemlich schlecht und es eilt mittlerweile. Sie möchte sie beide noch mal kurz sehen.

So gingen wir nochmal in das Krankenzimmer. Ich nahm Franjas Hand. Sie sagte, Mirja, wenn irgendetwas schief läuft, bitte versprich mir, dass ihr mein Kind wirklich adoptieren werdet. Selbstverständlich Franja, erwiderte ich, das haben wir doch auch versprochen. Im Hinterkopf allerdings hatte ich auch Bedenken wie die Rechtslage sein würde. Es wurde kurz an die Tür geklopft und Franco trat ein. Ich fragte mich, was er jetzt hier wollte. Franja ließ mich rufen, ließ er uns wissen. Er zog ein beschriebenes Blatt Papier hervor. Ich habe alles vorbereitet, du musst nur noch unterschreiben.

Franja las kurz den Text durch und unterschrieb. Bevor wir noch weiter sprechen konnte, kamen die Schwestern. Wir müssen Frau Fragante jetzt in den OP bringen. Es blieb mir nur noch den kurzen Hauch einen kleinen Küsschens auf die ihre Backe und ich sagte, es wird alles gut, kleine Franja. Diesen Blick mit dem sie mich ansah werde ich in meinem Leben nie vergessen. Bitte Mirja nenne mein kleines Mädchen Marie. Aber Franja wollte ich entsetzt ausrufen, aber sie machte pst, sage nichts mehr Mirja. Micha drückte ihr auch noch mal die Hand, dann mussten wir gehen.

Selbst Franco machte einen gequälten Eindruck. Es schien ihm auch an die Nieren gegangen zu sein. Wir bekamen wiederum das Angebot im Ärztezimmer zu warten. Franco verließ uns mit den Worten, ich werde mich heute Abend bei euch melden. Ich wollte ihn noch fragen, weshalb er von Franja die Unterschrift gebraucht hatte, aber es war jetzt nicht die Zeit Fragen zu stellen.

Es waren bange Minuten des Wartens, die sich wie Stunden an fühlten. Auch ging mir immer wieder durch den Kopf, dass Sanja eigentlich Bescheid wissen sollte. Doch handelten wir auf ausdrücklichen Wunsch von Franja ihrer Mutter nichts zu sagen. War das ihre Art von Rache? Egal wir würden uns daran halten.

Wir bekamen zwischendurch noch einmal Kaffee. Aber wir schmeckten sowieso nicht was wir tranken. Micha hielt mich an meinen Händen.

Wir gaben uns gegenseitig Halt und Mut. Es stellte sich heraus, dass wir den ganz dringend brauchten. Ich kann nicht einschätzen, wie lange wir so da gesessen hatten, als der Arzt zur Tür herein kam. Sein Gesicht war finster. Ich wagte fast nicht ihn an zusehen. Es tut mir so leid, sagte er, wir konnten Frau Fragante nicht mehr retten. Alles drehte sich um mich herum. In meinen Ohren rauschte es und ich fühlte mich ganz leicht und ich rutschte im Zeitlupentempo vom Stuhl. Als ich wieder zu mir kam, lag ich auf der Liege. Am liebsten hätte ich die Augen wieder zu gemacht. Nur nichts hören müssen. Nur nicht den furchtbaren Schmerz spüren der meinen ganzen Körper durchflutete. Ach, wenn ich doch nur schreien könnte, dass würde vielleicht Erleichterung bringen. Doch es kam keinen Ton mehr über meine Lippen.

Das kleine Mädchen lebt und es geht ihm den Umständen entsprechend. Es musste natürlich sofort in den Brutkasten. Wenn sie wollen dürfen sie es jetzt sehen, erklärte uns Dr. Fritsch. Er verstand es dadurch mich und auch Micha von unserem Schmerz etwas abzulenken. Wir folgten ihm zum Säuglingszimmer in dem wir das kleine Wesen im Brutkasten sahen. Wie ein Wunder kam es mir vor, dass es den ganzen Kopf voller dunkler Haare hatte, schließlich war es viel zu lange vor seiner Zeit auf die Welt gebracht worden.

Gerührt und entsetzt zugleich schauten wir wie gebannt auf das Wesen, dass Marie heißen würde. Es war an viele Schläuche angeschlossen und es zeriss mir fast das Herz, wenn ich mir vorstellte, dass es Schmerzen empfinden könnte.

Es wird natürlich noch einige Wochen hier bleiben müssen, klärte uns Dr. Fritsch auf, solange bis wirklich keine Gefahr mehr besteht und es ein bestimmtes Gewicht hat. Dann bat uns die Säuglingsschwester wieder zu gehen. Wir besprachen noch einiges wichtige Dinge mit dem Doc und verließen dann das Klinikum.

Als wir wieder zu Hause waren kam das ganze Elend hoch. Es war furchtbar, dass Franja sterben musste. Es kam mir so ungerecht vor. Eine junge Frau, die das Leben doch noch vor sich hatte und eben ein Kind geboren hatte. Sicher hätte sie ihre Gefängnisstrafe absitzen müssen, aber irgendwann wäre sie wieder ein freier Mensch gewesen. Doch was passiert war konnte man leider nicht mehr rückgängig machen. Sie würde nie wieder lebendig sein und ihr Kind sehen können. Der Schmerz, der in mir bohrte, war unendlich schlimmer als jeder Schmerz, den ich je erlebt habe.

Micha, der auch litt, ich konnte es ihm anmerken versuchte mich zu trösten. Er nahm mich in den Arm und wiegte mich wie ein kleines Kind. Ich war ihm unendlich dankbar, dass er mich festhielt und mir neue Kraft gab.

Als Franco später vorbei kam wusste er bereits Bescheid. Er war auch erschüttert und erklärte immer wieder, wenn man sie eher nach Deutschland gebracht hätte, wäre sie bestimmt zu retten gewesen.

Doch keinem von uns half dieses Wissen weiter. Er kam dann auf das Dokument zu sprechen, das Franja noch unterschrieben hatte. Hört zu, leitete er das Gespräch ein, Franja wollte dass ich ein Schreiben aufsetzte, worin festgehalten werden sollte, dass ihr das Kind adoptieren könnt. Es soll nicht zu irgendwelchen Menschen kommen, die sie nicht kannte. Zu Euch hatte sie Vertrauen. Sie kannte Euch seit sie ein kleines Kind war. Vor allen Dingen hatte sie die Erfahrung gemacht, dass ihr beide sehr gerecht handelt. So ist ihr Wille gewesen und ich habe ihn schriftlich fixiert. Ich werde Euch helfen all die notwendigen Dinge in die Wege zu leiten. So einfach wird es natürlich nicht werden. Sie werden euch auf Herz und Nieren prüfen. Auch bin ich mir nicht ganz sicher fuhr er fort, ob nicht letztendlich Euer Wohnsitz in Fuerteventura ein Hindernis sein wird. Ich glaube es zwar nicht, aber ganz ausschließen kann ich es auch nicht.

Jetzt war also der Zeitpunkt von ganz alleine gekommen. Nämlich der Zeitpunkt wieder für immer nach Hause zurückzukehren. Eine Welle der Erleichterung durchflutete mich. Wir würden wieder in Essen leben. Hier in unserer wunderschönen Wohnung. Es war mir bisher nicht bewusst gewesen, dass ich meine Heimat so sehr vermisst hatte. Micha sah mich an und sagte, Mirja ich werde sofort alles tun um auf Fuerte alles aufzulösen. Ich nickte ihm stumm zu. Franco wollte dann auch noch Sanja anrufen um ihr von dem Tod ihrer Tochter zu berichten. Normalerweise hätte ich es machen müssen, schließlich war sie mal meine Freundin gewesen. Aber es war einfach zu viel passiert und so war es mir zumindest für heute ganz recht mit niemanden mehr reden zu müssen. Als Franco gegangen war, beschlossen wir ins Bett zu gehen. Keiner von uns würde schlafen können. Aber das Bedürfnis sich einfach hin zulegen war trotzdem vorhanden. Später musste mich dann aber doch der Schlaf übermannt haben. Ich träumte ich würde am Strand liegen und schlafen. Eine Stimme rief mich immer wieder. Mirja, Mirja, ich erhob mich von meiner Strandmatte und folgte der Stimme, die aus dem Meer kam und immer wieder meinen Namen rief. Dann kam plötzlich eine riesige Welle und auf der Welle war eine Frau. Sanja, die Wasserleiche!!!!!!! Ich schrie aus Leibeskräften. Micha rüttelte mich unsanft. Wach auf Mirja, rief er, du träumst. Oh Gott, schrie ich, nicht schon wieder diese entsetzlich Traum. Ich zitterte wie Espenlaub und konnte mich überhaupt nicht mehr beruhigen. Warum holte mich dieser Traum immer wieder ein, wenn auch jedes Mal etwas anders. Die Nacht war für mich vorbei, ich konnte absolut nicht mehr einschlafen. Stattdessen grübelte ich und der Schmerz über all die furchtbaren Dinge die über uns hereingebrochen waren, tobte in mir. Ich stellte mir die verzweifelte Frage, was hätte man verhindern können? Was hätte ich selbst tun können um das all diese Dinge nicht geschehen zu lassen? Ich kam auf kein Resultat. Das Schicksal hatte erbarmungslos zugeschlagen und ich hätte nichts beeinflussen können. Als der Morgen graute, war ich heilfroh. Es half nicht weiter sich hinter dem Schmerz zu verstecken. Es wartete eine Menge

Aufgaben auf Micha und mich. Es musste alles organisiert werden.

Wir versuchten etwas zu frühstücken und fuhren dann ins Klinikum um zu sehen wie es der kleinen Marie ging. Die Sorge um sie war noch nicht ausgestanden. Doch wider erwarten konnte uns der Arzt beruhigen. Er sagte, dass es der Kleinen unter diesen Umständen erstaunlich gut ging. Es war das erste Mal in diesen schweren Tagen, dass mir Freudentränen über die Wangen liefen. Wir würden der kleinen Marie gute Eltern sein, das waren wir Franja schuldig.

**Sanja**

Bitte liebe Mirja, verzeih mir. Dies wird das letzte Mal sein, dass Du von mir hörst. Ich schreibe Dir diesen Brief in der Hoffnung, dass Du mich verstehst. Glaube mir, es ist sehr schwer das zu tun, was ich tun muss. Vielleicht denkst Du, ich wäre einfach nur feige. Vielleicht hast Du nicht Unrecht, aber ich kann und will nach diesen furchtbaren Geschehnissen nicht mehr leben. Es wäre kein Leben mehr. Es wäre nur noch ein Vegetieren. Ich würde alles dafür geben, wenn ich manche Dinge ungeschehen machen könnte. Doch das ist ein Wunschdenken. Es ist aus und vorbei für immer. Ich selbst habe alles vermasselt. Mich ekelt vor mir selbst. Was habe ich nur getan. Es fällt mir schwer den Anfang zu finden von meinen Intrigen, die ich gesponnen habe.

Wie du weißt, habe ich Solveig immer beneidet. Sie hatte einfach alles. Einen Mann, der sie auf Händen trug. Sie hatte Geld und konnte sich all ihre Wünsche erfüllen. Wenn sie ein paar neue Klamotten wollte, musste sie nicht lange überlegen, ob sie sich die leisten konnte. Nein, sie ging in den Laden und legte ihre Kreditkarte hin und schon hatte sie sich ihren Wunsch erfüllt. Sie ging zum Friseur, wenn immer sie Lust drauf hatte. Bei der Kosmetikerin ging sie sowieso ein und aus. Sie machte keinen Hehl daraus, dass es ihr so gut ging. Ich will nicht gerade sagen, dass sie mit ihrem Geld prahlte, aber sie kokettierte schon sehr damit, dass sie sich alles leisten konnte. Weißt Du noch wie sie im letzten Sommer ankam und sagte, ich habe mir zu meinem Geburtstag von Bernhard das Mercedes Sportcoupe gewünscht und ich glaube, er erfüllt mir meinen Wunsch. Er war zwar etwas überrascht und meinte, ob ich denn sicher sei, dass dies für Fuerteventura das richtige Auto wäre. Ja gut, vielleicht hat er recht, aber es ist mein Wunsch und ich möchte ihn erfüllt haben. Siehst Du, Mirja, das meine ich damit. Sie hatte wirklich alles. Aber es hat ihr nicht gereicht. Nein, sie musste Jonas haben. Sie musste sich beweisen, dass sie toll aussah und jeden Mann haben konnte, den sie wollte. Zu anfangs wollte Jonas überhaupt nichts von ihr wissen. Sie war ihm zu oberflächlich und zu arrogant. Wie sie das gemerkt hat, dass dies so gar nicht sein Fall war, hat sie ihre Taktik geändert. Sie machte einen auf unverstandene, vernachlässigte Ehefrau, die doch nur so viel Geld ausgab, weil sie doch so unglücklich ist. Darauf ist der gute Jonas dann anscheinend voll abgefahren. Sie hat ihn umgarnt wo sie nur konnte. Sie kauft sich die ausgefallensten Dessous, die ich je gesehen habe. Sie war urplötzlich zur Femme Fatale geworden. Es musste sie sehr gereizt haben, dass Jonas so gar nichts von ihr wollte. Doch dann schien sich irgend- wann das Blatt gewandelt haben. Wann immer man sich mit Jonas unterhielt, redete er nur noch von Solveig, wie schön und anziehend sie doch ist. Aber auch wie sie doch unter ihrer schlechten Ehe litt und wie wenig ihr Bernhard doch seine Frau verstehe. Ich wollte Jonas sagen, ob er denn so naiv wäre alles zu glauben, was ihm Solveig vorsetzte. Doch ich machte mal so eine Äußerung über die er dann ziemlich verärgert war. Er ließ mich dann wissen, dass er Solveig selbstverständlich total vertraute. So mithin habe ich dann meinen Mund gehalten.

Aber meine Wut auf Solveig wurde zusehends stärker. Wäre sie nicht gewesen, hätte ich bestimmt Chancen bei ihm gehabt. Sie hatte mir alles kaputt gemacht. So sah ich es zumindest damals. Heute weiß ich es besser. Er sprach auch ein paar Mal davon, dass Solveig sich von ihrem Mann eventuell trennen würde. Wenn ich alles geglaubt habe, aber dies nicht. Solveig würde Bernhard nie verlassen. Sie hing doch an all dem Geld und Besitz. Du liebe Mirja weißt doch auch, dass Bernhard seinerzeit auf einen Ehevertrag bestanden hatte. Sie wäre bei einer Trennung sehr schlecht da gestanden. Das hätte sie niemals gewollt. Stell Dir vor sie hätte von Jonas Geld leben müssen. Der nagte doch selbst oft genug am Hungertuch. Wenn der keinen Auftrag hatte, sah das ganze doch recht übel aus. Also die Theorie mit der Trennung habe ich persönlich nie geglaubt. Selbst bei Dir hegte Solveig doch erhebliche Zweifel, ob sie sich trennen sollte oder nicht. Ich erinnere mich noch an unseren gemeinsamen Nachmittag bei Roberto. Da war doch dieses Thema auch auf dem Tisch. Du sagtest noch zu ihr, ob sie denn sicher wäre, dass diese Leidenschaft ewig anhalten würde oder nur ein Strohfeuer sei, denn für das eine bewährte Verbindung aufzugeben, die ja bis Jonas kam, sehr gut war, wäre sträflicher Leichtsinn. Sie schien kurz zu überlegen um dann aber wieder zu sagen, wie sehr sie in Jonas vernarrt war. Nur sie war es nicht allein. Mir ging es ebenso. Ich konnte nicht mehr schlafen. Ich kam mir vor wie ein Teenager, der sich das erste Mal verliebt hat. Immer wieder dachte ich, wenn Solveig nicht wäre, hätte ich bei ihm alle Chancen der Welt. Es wurde bei mir zur fixen Idee. Ich ging zu ihm unter ständig neuen Ausreden. Mal musste ich die Töpfe austauschen mal musste ich die Fenster putzen. Ich erfand immer neue Ausreden um oft in seiner Nähe sein zu können. Bei den anderen Strandhäusern, die ich betreute, machte ich nicht so viel Aufhebens. Selbstverständlich bekam er dies auch mit und er belächelte mein Tun. Aber er schien niemals darüber böse zu werden. So kam es zum Verhängnis. Denn ich dachte so lange er mich gerne in seiner Nähe hat, kann ich immer noch die Hoffnung haben, dass er sich in mich verliebt. Ab und zu war er ärgerlich, wenn Solveig ihn versetzt hatte. Sie konnte auch nicht immer kommen. Wenn Bernhard sich frei nahm, konnte Solveig nicht einfach zu ihm kommen. An solchen Tagen keimte dann meine Hoffnung jedes Mal erneut auf. Sicher wird Jonas das alles zu dumm werden. Er würde nicht umsonst warten wollen und dann wäre meine Zeit endlich gekommen. Aber ich hatte nicht mit meiner Tochter gerechnet. Davon habe ich nicht das geringste mitbekommen. Wie Du weißt habe ich an den Wochenenden gekellnert um über die Runden zu kommen. Somit habe ich nicht mitbekommen, dass Franja bei Jonas war. Wenn sie am Sonntag morgen nicht zu Hause war, sagte sie später, sie hätte bei einer Freundin übernachtet. Warum hätte ich dies anzweifeln sollen. Sie schien genauso in seinem Bann gestanden zu haben, wie wir. Wichtig schien ihm aber Franja zu keiner Zeit gewesen zu sein. Ihm ging es immer nur um Solveig. Ich behaupte mal auch um ihr Geld. Er wusste wahrscheinlich nicht, dass wenn sie zu ihm kommen würde, gar nichts mehr haben würde. Meine Tochter war für ihn zum Wochenende wahrscheinlich ein angenehmer Zeitvertreib. Da er mit Solveig da eh nicht rechnen brauchte und mit mir auch nicht, hatte er freie Bahn. Es tut mir nicht mehr leid, dass er tot ist. Er ist an allem Unglück schuld. Leid tut mir, dass ich Solveig und Bernhard in den Tot getrieben habe. Unbeabsichtigt!

Eigentlich wollte ich doch nur, dass Bernhard endlich misstrauisch wird und besser auf Solveig aufpassen würde. Das war mein Plan. Solveig würde vorsichtiger werden und Jonas, wenn überhaupt nicht mehr so oft besuchen. Der wiederum würde dann das Verhältnis beenden, weil ihm das zu blöd wäre. So hatte ich mir das ausgedacht. Aber es sollte alles ganz anders kommen.

Ich fuhr am bewussten Abend wie gesagt nach La Pared. Ich war mal wieder mehr als geknickt. Was sollte ich noch anstellen um seine Gunst für mich zu haben. Dann kam mir der Einfall. Ich rief Bernhard auf seinem Handy an und sagte ihm, dass seine Frau ihn betrügen würde. Ich sagte ihm auch wo er sie finden könne. Natürlich habe ich meine Stimme verstellt. Du weißt doch wie gut ich das kann. Dann habe ich auf Solveigs Handy angerufen, wiederum mit verstellter Stimme und habe nur gesagt, dass ihr Mann auf dem Weg zu ihr wäre um sie und Jonas zu überraschen. Sie musste unmittelbar nach meinem Anruf los gelaufen sein. Denn als man sie fand war sie schon eine ganze Ecke weg von Jonas Haus. Was keiner von uns gewusst hat, das sie wohl einen Herzklappenfehler gehabt hat. Die Aufregung und die Angst und natürlich das schnelle Laufen haben sie umgebracht. Bernhard muss fast zur gleichen Zeit vor lauter Ärger die Herrschaft über sein Auto verloren haben und in die Baranco del mal Nombre gestürzt sein.

Mit dieser Schuld kann ich nicht weiter leben. Ich habe unseren Freunden den Tod gebracht.

Das wollte ich nicht, aber es ist geschehen. Ich habe versucht alles zu verdrängen. Der Alkohol sollte mir dabei helfen. Aber soviel konnte ich gar nicht trinken um das vergessen zu können. Ich habe das Leben anderer Menschen ausgelöscht. Ich selbst habe nicht mehr das Recht zu leben. Das Allerschlimmste ist aber, dass meine geliebte Tochter Franja ebenfalls sterben musste. Das ist die größte Strafe für mich. Warum musste das geschehen. Gibt es eine Antwort? Warum gab es keine Möglichkeit mehr sich auszusöhnen? Sie war noch so jung. Ich könnte auch mein Enkelkind nie lieb haben. Ich gebe ihm die Schuld an dem Tod seiner Mutter. Ich weiß es ist ungerecht, dass ich so denke, aber ich kann nicht anders.

Liebe Mirja, sage Micha vielen Dank für alles und er solle gut auf Dich aufpassen. Lass mich in Deinem Herzen bleiben und behalte mich trotzdem lieb.


Deine Sanja

**Mirja**

Wir haben Sanja in Deutschland beerdigt.

In der Nacht als ich mal wieder den Albtraum hatte, ist Sanja in den Atlantik gegangen um endgültig vergessen zu können. So ist mein immer wiederkehrender Traum von der Wasserleiche zur bitteren Wahrheit geworden. Arme Sanja.

Die Serie von Geschehnissen hatte somit ein Ende gefunden. Franja und Sanja haben hier jetzt in Essen ein gemeinsames Urnengrab. Es war zwar nicht ganz einfach gewesen das alles so zu bewerkstelligen, aber durch Francos Hilfe haben wir es geschafft.

Nun saß ich da und las den Abschiedsbrief von Sanja. Immer und immer wieder. Wie sehr sie mit dem Wissen um die toten Freunde, dessen Schuld sie trug, gelitten haben muss. Aber nun hatte sie ihren Frieden.

Die Traurigkeit, die mich umgab, hüllte mich ein wie ein feuchtes Tuch. Ich konnte kaum mehr lachen. Alles erschien mir trist und grau.

Micha redete mir gut zu. Du musst jetzt stark sein und an die Zukunft denken. Wir werden bald Eltern sein. Da hat traurig sein keinen Platz. Wie recht er doch hatte.

Micha flog dann nach Fuerte um die restlichen Dinge zu erledigen. Es galt das Haus zu vermieten und etliche Dinge wieder nach Deutschland zurück zu holen.

Ich fühlte mich verloren ohne ihn. Tag für Tag fuhr ich zum Klinikum um nach Marie zu sehen. Sie machte nach Auskunft der Schwestern gute Fortschritte. Ich selbst sah es nicht unbedingt. Mir kam sie noch immer so zerbrechlich vor, das kleine Wesen. Ich durfte durch die Öffnung des Brutkastens ihre kleinen Finger berühren. Manchmal umfasste mich das kleine Händchen für Sekunden. Es waren unglaubliche Momente des Glücks. Da fasste ich wieder Mut. Es würde alles gut werden.

Wir hatten auch schon etliche Gespräche hinsichtlich der Adoption geführt. Ich hatte nicht gedacht, dass es so schwer werden würde, dem kleinen Lebewesen eine Heimat zu geben. Doch wie uns gesagt wurde, hatten wir keinen Grund zu befürchten, dass es nicht klappen könnte.

Als Micha wieder da war, besserte sich mein Zustand wesentlich. Es waren erste Zeichen des nahenden Frühjahrs in Sicht. Die Tage wurden länger und wir entdeckten unsere alte Heimat neu. Nie ist mir Essen so schön vorgekommen, wie jetzt.

Wir hatten eines unserer Zimmer als Kinderzimmer fertig gemacht. Ich war stolz darauf, wie schön und liebevoll dekoriert ich es hatte.

Jetzt musste nur noch die kleine Marie kommen.

Die Adoption war mittlerweile abgeschlossen. Franco war uns eine große Hilfe gewesen, denn es gab viel Papierkram zu erledigen. Er wollte dafür Taufpate werden, sagte er. Wir hätten keinen Besseren aussuchen können.

Dann endlich war es soweit. An einem Donnerstag im April durften wir Marie mit nach Hause nehmen. Sie wog jetzt schon fast sechs Pfund. Natürlich war sie immer noch ein Fliegengewicht.

Jetzt waren wir endlich Eltern. Micha, der niemals Kinder gewollt hatte, stand mit dem Baby auf dem Arm da und strahlte. Es war seit langer Zeit der glücklichste Moment. Das ist die Zukunft, raunte meine Seele.

Hatten wir all die schlimmen Dinge nur geträumt? Sie waren ganz weit weg. Da war nur noch Freude und Verantwortung.

**Jahre später**

In dem Garten vor dem Haus stand ein kleines Mädchen. Es hatte einen pechschwarzen Lockenkopf. Mami, Mami, rief es und rannte mir entgegen. Ihre Locken wippten lustig auf und ab und ihre blauen Augen blitzten vor Freude. Schau mal was Tobi macht, rief sie. Oh Tobi, sagte ich zu unserem Hund, du darfst doch nicht die Schuhe von Marie fressen. Stolz legte der Hund seine Trophäe vor mich hin.

Guter Tobi sagte Marie, dann legte sie die Ärmchen um mich, liebe Mami und als sie Micha entdeckte, lieber Papi.

Herstellung und Verlag:
Books on Demand GmbH, Norderstedt
ISBN 978-3-8370-4267-2